「これも、取材の続きだと言ったら、どうする…？」

　不遜な台詞とは裏腹に、大和の表情は変わらない。重なり合う身体は熱いが、その目は冷めていた。珠樹に、大和の心の内を読むことはできなかった。

ARLES NOVELS

初恋はミステリーより謎めいて

葉月宮子

ILLUSTRATION
街子マドカ

この物語はフィクションであり、実在の人物・団体・事件等とは、いっさい関係ありません。

Contents

初恋はミステリーより謎めいて……………005
初恋の甘い束縛……………201
あとがき……………216

初恋はミステリーより謎めいて

1

小学校の卒業記念の文集に、将来の夢は『小説家』と書いた。

昔から本を読むのが好きで、特に謎《なぞ》やトリックを駆使されたミステリーの類《たぐい》を読み始めると、食事や睡眠を取るのも忘れて没頭してしまう悪い癖があった。

いつか自分も、人を夢中にさせる面白いミステリー小説が書けるようになればいいとずっと思っていた…。


「おい、上原《うえはら》、編集長が呼んでるぞ」

編集主任の天野《あまの》に呼ばれ、自分のデスクで校正の準備をしていた上原珠樹《たまき》は顔を上げた。

大学卒業後、明星《みょうじょう》出版に入社してちょうど一年が経《た》った。編集者としては、まだまだ新人の域を出ていない。

結局どこをどう間違ったのか、社会人となった珠樹が職業として選んだのは、小説そのものを書く人ではなく、小説などを編集して出版の手助けをするエディター…編集者であった。人生というのは思い通りにならないものだ。

珠樹が勤める明星出版は業界では五本の指に入る大手出版社で、コミックやノベルスはもちろん、アイドル写真集から学芸雑誌まで幅広く取り扱っている。珠樹が所属する第二編集部はミステリーノベルスを中心に発刊していた。

「はい、今すぐ」

キーを打つ手を止め、珠樹はデスクから立ち上がると、窓辺にある編集長・金本《かなもと》のデスクまで早足で歩いていった。この一年、金本にはかなり鍛えられた。

編集部の中、半分以上のデスクは空いている。空いているデスクの編集者たちは、担当作家の元へ行っていた。

「何でしょうか、編集長」

珠樹が背筋を伸ばして、金本のデスクの前に立つ。童顔ゆえ、大学生と間違われることも少なくはなかった。スーツが似合うようになったとはお世辞にも言えないが、熱意だけは誰にも負けない。金本に言わせると、時々その熱意が空回りしているらしいが。

「ああ、上原か…喜べ、お前にも担当の作家先生を持たしてやるぞ」

片手に煙草《たばこ》を持って、金本がゲラの最終チェックをしている。第二編集部以外は禁煙になっているというのに、ヘビースモーカーの金本のおかげで、第二編集部が禁煙になることは未来永劫《えいごう》ない。第二ボタンまで外したシャツに当然ネクタイなんてものは締められていない。髪はぼさぼさ、髭《ひげ》もろくに剃《そ》っていない。如何《いか》にも一昔前の編集長のイメージだった。

「へ？」

金本の言葉が意外で、珠樹は思わず頓狂《とんきょう》な声を上げてしまった。今までは先輩編集の下で、アシスタントとして、その仕事を手伝うだけだった。

「まぁ、お前も一人前には届かんが、半人前を少し超えた三分の二人前ぐらいにはなっているかな」

一応、金本は褒めてくれているのだろうか…。とても分かりにくいけれど。

「というか、単なる人手不足だ。西山《にしやま》の腰の調子が芳《かんば》しくなくてな。椎間板《ついかんばん》ヘルニアだとよ。入院して様子を診《み》るらしい。最悪手術ということにでもなれば、当分復帰は難しい」

一週間前から、ベテラン編集者の西山が休んでいる。持病の腰痛が悪化したと聞いているが、思ったより重症だったようだ。

「が、頑張ります」

冗談ではなく、いよいよ珠樹も編集として一本立ちする時がきたのだ。いつまでも新人という言葉に甘えてばかりはいられない。

「それで、俺はどの先生の担当ということになるのでしょうか？」

気が急《せ》いて、金本が言うより先に訊《たず》ねてしまった。

「おう、せつな海里《かいり》先生だ」

「…………」

黙り込んだのは思ってもみない名前だったからだ。まさか西山がせつな海里の担当だったとは知らなかった。というのも…。

「うちの最終兵器だからな。よろしく頼むぞ」

「…………」

珠樹は込み上げてきた唾《つば》を、大きく喉《のど》を鳴らして飲み込んだ。

せつな海里は今大人気のミステリー作家だ。鮮やかなトリックと細やかな心理描写、奇想天外な結末で、老若男女を問わず幅広い人気を得ている。昔からミステリー小説が好きな珠樹とて例外ではなく、せつな海里の作品は全て熟読していた。

だが、せつな海里という作家はそれだけではなくて、その経歴はおろか性別や年齢さえも謎に包まれていた。その正体を知っているのは、ごく一部の者だけだった。本人が生み出す謎より本人の謎が深く、その存在こそが一番のミステリーだと言われている。

編集部の中でも、せつな海里の正体を知っているのは担当編集者と編集長の金本だけだ。珠樹に至っては、せつな海里の担当編集が誰かということも知らされていなかった。

まさか自分が、そのせつな海里を担当することになるとは夢にも思わない。

「あの…俺なんかで、いいんでしょうか？」

素朴な疑問だった。現在、せつな海里はここの編集部―…いや、明星出版一の稼ぎ頭と言っても過言ではない。

「ああ、まぁ…向こうの希望だからな、仕方ない」

金本にしては珍しく口ごもりがちで、珠樹には後半よく聞き取れなかった。

「え…」

「いや、何でもない。それより、明日にでも挨拶《あいさつ》に行ってこい。次回作の打ち合わせもあるからな」

「わ、分かりました」

改めて背筋を伸ばして、珠樹は直立不動で返事をした。

「ただし、かなり扱いが難しい先生だからな。くれぐれも、機嫌を損ねたりはしてくれるなよ」

「…そう…なんですか？」

いきなり物凄《ものすご》いプレッシャーがかかって、珠樹は不安そうな目を金本に向ける。

「んな情けない顔するな。同じ人間であることに変わりはねぇよ」

「人間じゃなかったら困りますよ」

金本の冗談に素直に笑う気にはなれなかった。初の担当が、あの『せつな海里』とは流石《さすが》に荷が重すぎる。

「まぁ、お前なら大丈夫だろう」

大丈夫だと言う、金本の根拠の程が珠樹には分からない。

一礼して、珠樹は自分のデスクに戻り、仕事の続きにかかったが、頭の中は自分の初担当となる『せつな海里』のことでいっぱいだった。

そもそも小説家志望だった珠樹が、編集者を目指すことになったのは、幼馴染《おさなな じ》みの一言がきっかけだった。

『お前、チェック早いな。レイアウトのセンスも悪くないし。将来は、そういう道に進んだら、いいんじゃないか』

『そういう道って…？』

あれは高校の文化祭の準備期間だった。幼馴染みと二人して、生徒会に所属していたこともあり、文化祭のパンフレット作りを二人でしていた。

『人の原稿をチェックしたり、レイアウトしたりする仕事だよ』

その時は、まだ珠樹は小説家を志望していて、夏休みに書いた小説を新人賞に応募してみようかと考えていたのだ。

『そういうの、エディターって言うんだっけ？　出版社とかで仕事したりするんだろ』

自分が小説家を志望していることは、幼馴染みのそいつにも誰にも言っていなかったから、彼が言うことに悪気はなかったと思う。小学校の文集に書いたが、あれはまだ子供が見る夢だった。

彼とは家が近所で、小さい頃からよく一緒に遊んだ。といっても、その幼馴染みの父親は大会社の社長、珠樹の父は一介のサラリーマンだったから、生まれも育ちもかなり違うが、なぜか気が合って、小学校から中学、高校とずっと一緒だった。

相手がアメリカの大学に留学して疎遠になってしまったが、今でも一番の親友は彼だと珠樹は思っている。

だが、その時の自分は、彼の言葉にムッとしてしまって、ついつまらない言い合いをして喧嘩《けんか》になってしまった。

その時には、珠樹にも何となく分かっていたのに。自分には文章を綴《つづ》ることはできても、新たな世界を作り出す想像力やアイディアに欠けていることに。

結局、大学を卒業した後、出版社に就職して、編集者として働いている自分を見ると、彼の言葉は正しかったといえるだろう。


帰り際、明日発売予定のせつな海里の新刊本「白の疑惑、黒の真実」を金本から受け取った。

「しっかり読んでおけよ」

「ありがとうございます」

どっしりと厚みのあるハードカバーだった。

すぐにも読み耽《ふけ》りたい気持ちをぐっと抑えて、帰宅の途に着く。通勤電車の中で読むこともできたが、どうせなら腰を落ち着けて、じっくりと読みたい。

自宅に着くと、食事と風呂を手早く済ませて、さっさと部屋に籠《こ》もろうとする。

「何よ、仕事でも持ち帰ってるの？」

忙《せわ》しない様子の珠樹に、母親の勢津子《せつこ》は心配してくれた。

「違うよ。お兄ちゃんのことだから、どうせ好きな作家の新刊本が出たんだよ。へへ、当たりでしょう？」

高校生の妹の加津《かず》はずばり言い当ててくれた。

「全く二十四にもなって、彼女の一人もいないなんて情けないなぁ」

最近ますます生意気になった妹の言葉を無視して、自室に籠もる。

デスクの前に腰を下ろし、どきどきしながら、せつな海里の新刊本の扉を開いた。

誰かを夢中にさせるミステリー小説を書くことが小さい頃からの夢で、結局その夢は叶《かな》わなかったが、今の自分は誰かを夢中にさせる作品を世に送り出す手助けをすることはできる。そのことに誇りさえ持っていた。

読み始めたら、もう止まらなかった。

せつな海里の作品はいつもそうだ。どきどきはらはらする展開と謎解きが深くて、ストーリーの中に引き込まれる。

読み終わった途端、珠樹の口から、ほぅと溜《た》め息が漏れた。

今回の話も素晴らしく面白かった。単なるミステリーだけで終わらない秀麗な文章で綴られた登場人物たちの細やかな心理描写に感動した。

もう一度最初から読み直そうと思って、ふと見やった時計の針はかなり遅い時間を指していた。

流石にそろそろ寝なくては明日の朝がきつい。何より明日は、新しい担当として、せつな海里の元へ挨拶に伺わなければならないのだ。

一体、どのような人物なのだろう…。

期待と不安が入り混じったような不思議な興奮の中、珠樹はなかなか眠りに就けなかった。


次の日は案の定寝不足だった。

先に編集部に顔を出し、せつな海里の自宅マンションまでの地図をもらう。

作家の中には夜に執筆して朝眠る人も少なくなく、打ち合わせなどは昼過ぎから行うのが常識だった。

「それから、こいつも渡しとく」

地図と一緒にメモの走り書きのようなものを金本から手渡された。

「先生の好きなもの一覧だ」

「あ、ありがとうございます」

作家と編集で良好な関係を築くには初対面の印象が大切だった。せつな海里の好みを聞いて、好きなものを差し入れる。

「へぇ、甘いものがお好きなんですね」

メモには好きなものの銘柄や、よく行く店の名前が記載されているが、ほとんどが和菓子洋菓子の類だった。

「ああ、この店のシュークリーム、俺も知ってますよ。幼馴染みが好きで、よく買っていましたから」

人気の商品で午前中には売り切れてしまうことで有名だった。珠樹が編集の道を志すきっかけを与えてくれた幼馴染み、彼は見た目を裏切った甘い物好きだった。

「じゃあ、少し早めに行って、この店のシュークリームを挨拶代わりに買っていくことにします」

今から行けば、多分まだ買えるだろう。地図を見る限り、せつな海里の自宅マンションから店はそう遠くない場所にあった。

駅から電車に乗り、最寄り駅で降りる。寒い冬がようやく終わって、今は暖かな春だった。しかし気候の良い時期は短く、すぐに鬱陶《うっとう》しい梅雨、そして暑い夏がやってくるのだろう。出版社に就職したこの一年は目まぐるしいスピードで月日が過ぎて、気付いたら一年が経っていた。

少し遠回りして、人気のシュークリームの店に寄る。売り切れ寸前、何とか手に入れることができた。

まだ時間が早かったので、駅前の大型書店に立ち寄る。

発売初日の新刊の売れ行き具合を確かめたかったのだが、確かめるまでもなく売れ行きは上々のようだった。新刊本のコーナーに何段にも山積みされているハードカバーを次から次へ客が手に取って買っていく。

その新刊本に、直接自分が関《かか》わった訳ではないが、やはり嬉しかった。

頃合いの時間になって、地図を頼りにせつな海里の自宅マンションに向かう。

かなり心臓の鼓動が忙しなかった。まるで好きな人に会いに行くみたいだと思って、一人で顔を赤くする。

男性か女性かも教えてもらっていないが、きっと細やかな心理描写が得意な先生だから、本人も気遣いのできる繊細な心の持ち主なのではないだろうかと想像する。

ずっとファンだったのだ。これから自分が、その先生の手助けをできると思えば、編集としてもファンとしても嬉しかった。

目的のマンションは閑静な住宅街の中にあった。決して華美ではなく、しっとりと佇《たたず》んでいる。

そこら辺もせつな海里のイメージにぴったりだと珠樹は思ったのだ。これが豪奢《ごうしゃ》なマンションだったりしたら、さっそく幻滅したかもしれない。

どきどきしながら、インターロックシステムの前で教えてもらった部屋番号を押して名乗る。

声が聞けるかと思ったが、残念ながら返答はなく、ただ扉が開くのみだった。

とりあえず中に入り、エレベーターで最上階まで上がるが、何となく居心地が悪かった。

先程押した部屋番号と同じドアの前に立って、大きく深呼吸する。いよいよせつな海里本人に会えるのだ。

インターホンを鳴らして、待つこと数十秒。

内側で、ロックが外れる音がした。

しかし、ドアを開けてもらえるものと思ったら、いつまで待ってもドアが開く気配はなく、仕方なしに自分でノブを回して部屋の中に入っていく。

「し、失礼します！」

思わず声が上擦った。短い廊下を恐る恐る進み、広いリビングルームに出た。落ち着いた色合いでまとめられた室内には余分なものは一切置かれていなかった。機能的と言えば聞こえはいいが、殺風景とも言える。

しかし、未《ま》だどこからも人は現れない。

どうしたものかと珠樹が手持ち無沙汰《ぶさた》に突っ立っていると、キッチンの方からようやく声が掛かった。

「何をぼさっと突っ立ってるんだ？　適当に座ればいいだろう」

明らかに寝起きらしい不機嫌な声の若い男がキッチンから顔を出した。シャツは第三ボタンまではだけられ、下にはスウェットを身に着けている。その手にはコーヒーカップの取っ手が握られていた。

「お前……」

その男の顔を見て、珠樹は息が止まるかと思う程に驚いた。

「何で…何で、お前がここにいるんだよ…ッ？」

動揺を露《あらわ》にして、大きな声を張り上げる。なぜ、この男が今この場に現れるのか、さっぱり意味が分からない。

「朝から、大きな声を出すな。頭に響く。俺は低血圧なんだ。お前もよく知っているだろうが」

男がソファーに腰を下ろして、カップに口を付ける。コーヒーの良い香りが鼻をくすぐった。

すでに朝と呼ばれる時間は過ぎているが、目の前の男が低血圧で寝起きに弱いことは珠樹もよく知っている。

カップに口を付けながら、男は端整な顔立ちを歪《ゆが》めた。時折こめかみを押さえているのは、低血圧ゆえの頭痛でもするのだろう。

「大和《やまと》…お前が、どうしてこの部屋にいるんだよ？」

珠樹は改めて男に訊ねた。この部屋は、これから珠樹が新しい担当となるせつな海里の部屋の筈《はず》だ。

「相変わらず鈍い上に、頭まで悪くなったのか？」

ちらりと珠樹を見て、男が口の端を上げる。皮肉めいた口調は昔とちっとも変わらない。昔に比べると、顔立ちはぐっと精悍《せいかん》に、身体《からだ》付きも少年から大人の男のものになっている。今でもスーツより学生服が似合うと言われる珠樹とは大違いだ。

男の名前は葵《あおい》大和、高校まで腐れ縁が続いた珠樹の幼馴染みだった。家が近所で、小さい頃からよく一緒に遊んだ。珠樹が編集となるきっかけを与えた男でもある。

「ここは、せつな海里先生の部屋だよな？」

珠樹は確認せずにはいられなかった。

「ああ。そして、この部屋の主は俺だ」

「…………」

せつな海里の部屋の主が珠樹の幼馴染みである大和、つまりせつな海里と葵大和は同一人物ということになる。

「え…ええッ」

「ようやく分かったのか」

大和が少しイライラした口調で言った。

珠樹は口をぱくぱくさせるだけで、なかなか言葉が出てこない。

「…本当に？」

まだ信じられなくて、再度確認してしまう。

「くどい」

まさかせつな海里の正体が自分の幼馴染みである大和だったなんて夢にも思わなかった。

珠樹は描いていたせつな海里のイメージががらがらと崩れていくのを感じた。大和は悪い奴ではないが、お世辞にも繊細な感性の持ち主とはいえない、俺様気質の男だ。

その時、大和が珠樹の手にある土産の箱に気付く。

「お前にしては、なかなか気が利くものを持っているじゃないか」

大和の好物のシュークリームだ。

「ちょうどいい。朝は糖分が不足しているんだ」

さっさと箱を開けて、大和がシュークリームを一つぺろりと平らげる。そういえば、大和は昔から朝にチョコレートを食べていた。糖分を取ると、低血圧の頭がすっきりするのだと言って。

それでも、食べる前に礼の一つも言ってほしいものだが。

「でも、お前、親父さんの会社を継ぐんじゃなかったのか？」

二個目のシュークリームに手を伸ばす大和を見ながら、珠樹には思い出したことがあった。

大和は父の跡を継ぐ為《ため》の勉強で、アメリカの大学に留学した筈だ。だから、ずっと続いていた珠樹との腐れ縁も高校卒業と同時に切れたのだ。寂しい気持ちもあったが、幼馴染みとして珠樹は大和を応援しようと決めた。なぜなら、大和が父の会社を継ぐべく努力してきたことを知っているから。

「別に…家には弟がいるからな。会社は弟が継げばいい」

そう言う大和の表情に翳《かげ》りが見えたが、今の珠樹に気付く余裕はなかった。せつな海里の正体が幼馴染みの大和であった現実を受け入れるだけで精一杯だった。

「そりゃ、そうかもしれないけど」

珠樹にはまだ納得できないものが残ったが、事実は事実として受け入れなければならない。

「そんなことより、メシ作れ」

「は？」

明らかな命令口調の大和に、珠樹は目を剝《む》いた。

「聞こえなかったのか？　腹が減ったから、飯を作れと言ったんだ。シュークリームで、幾らか頭はすっきりしたから、まぁ急がないが。ああ、あんまり脂っこいものは作るなよ。和食にしろ。肉より魚だ」

「…………」

決して聞こえなかった訳ではない。珠樹は自分の耳を疑っただけだ。俺様気質は昔からだが、数年ぶりに会った大和は俺様気質に更に拍車が掛かったようだった。

「俺は部屋で休んでいるから、メシができたら呼べ」

それだけを言うと、大和は広いリビングの奥に見えているドアに向かって歩いていく。

そして、ドアノブに手をかけようとして、ふと何かを思い出したように足を止めた。

「せっかく気心の知れたお前を担当にしたんだ。これからは色々と使わせてもらうことにするかな」

振り向きざま、ニヤリと笑って見せた大和は珠樹のよく知る男だった。昔から、何かと振り回されてきた。

珠樹はこれから担当編集の立場を超えてこき使われるであろう自分を憂わずにはいられなかった。

2

編集部の自分のデスクで校正を進めていた珠樹の携帯が鳴った。嫌な予感がしたが、出ない訳にはいかない。

ポケットから取り出した携帯のサブディスプレイ画面に表示されている名前は葵大和、思わず珠樹の口から大きな溜め息が漏れた。

「…はい、上原です」

名前を見た時点で、用件は分かりきっていた。

『俺だ。今すぐ来い』

「…………」

不機嫌そうな声であることからして、また寝起きなのだろう。

『返事は？』

「今すぐは無理だ」

言っても無駄だと分かっているが、とりあえず言ってみる。

『なら、今から三十分後で負けておいてやる』

編集部から大和のマンションまで、軽く三十分以上はかかる。

「…分かった」

どうせ何を言っても無駄だ。

早々に諦《あきら》めて、珠樹は電話を切ると立ち上がった。

「また呼び出しか？」

出掛ける仕度をしている珠樹を見て、編集長の金本が声を掛けてくる。

「…はい」

「まぁ、よろしく頼んだぞ」

金本も珠樹が苦労させられていることは知っているが、口は出さない。

何しろ相手はこの出版社一の稼ぎ頭だ。多少の無理難題にも目を瞑《つむ》らなければならない。

しかも、せつな海里が原稿を提供しているのは明星出版だけなのだ。他の出版社が目をつけない筈はないが、他に正体が知られていないから、コンタクトの取りようがないのだろう。

その意味でも、明星出版がせつな海里を大切にするのは分かる。

だが、担当編集の枠を超えて、こき使われる珠樹はたまったものではない。

珠樹が大和の担当編集になってからというもの、事ある毎《ごと》に呼び出され、食事の仕度だ、買い物だ、仕事の資料を探してこいだの言いつかる羽目になった。資料を探すのはともかく、食事の仕度や買い物は決して担当編集の仕事ではない。

相手は売れっ子作家で、自分は新人編集という立場の弱さもあるが、昔から珠樹は大和に頼まれると嫌とは言えないのだ。

高校時代に、大和がうっかり二股《ふたまた》をかけて付き合っていた女の子同士で修羅場になったことがあった。大和本人に悪気はなかったようだが、その場に出ていって事を収めたのは、なぜか関係のない珠樹だった。

すでに幾度となく訪れている大和のマンションの前に立って、珠樹の口から大きな溜め息が漏れる。

せつな海里が才能に溢《あふ》れた、素晴らしい作家であることに間違いはない。

先日発売された彼の新刊本は発売一ヶ月で瞬く間にベストセラーとなった。

そんな彼の手助けができることは、編集としてもファンとしても喜ばしいことだ。

だが…。

エレベーターで最上階にある大和の部屋まで上がり、預かっている鍵でドアを開けた。

リビングに顔を出すと、ソファーに腰を下ろした大和が不機嫌そうな顔で新聞を読んでいる。

「…遅い」

珠樹の方をちらりと見て、大和が言った。

「はいはい、悪かったよ」

この場合、何を言っても無駄であることは、大和の担当になったこの一ヶ月で嫌という程によく分かっていたから、余計なことは言わない。

「誠意が感じられない謝罪の仕方だ」

「…………」

誠意という言葉からは一番縁遠いところにいる男がよく言う。

内心ごちるが、今度も余計なことは言わずに、珠樹はさっさとキッチンに立った。

「食事の仕度するけど、ご飯とパン、どっちにする？」

手慣れたもので、珠樹は冷蔵庫の横にかけてあるエプロンを身に着けると冷蔵庫を開けた。

「パンだ。今日はオムレツと…付け合わせはベーコンだな」

大和は和食を好むが、起き抜けはパンを希望することも多い。時間的には昼食だが、大和の感覚からすると朝食になる。

「了解」

冷蔵庫の中に卵とベーコンがあることを確認して、珠樹は頷《うなず》いた。冷蔵庫の中身を買って入れておいたのは珠樹だから、何があるかは大体分かっているが、念の為だ。マンションから徒歩一分のところにコンビニがあるものの、買いに行っていたら、その分また大和の機嫌が悪くなる。

「ああ、先にコーヒーのお代わりだ」

新聞を読んでいる大和の前には空のコーヒーカップがあった。とりあえず珠樹がいないと、コーヒーぐらいは自分で淹《い》れるらしい。

「はいはい」

コーヒーメーカーに残っているコーヒーを空のカップに注いで、キッチンに戻る。

パンを焼いている間に、フライパンに油を引き、オムレツを作る。

一人暮らしの経験がある訳でもないのに、珠樹が料理を作れるのは大学の四年間ずっと洋食店でバイトしていたからだ。主な仕事はウェイターだったが、小さな店だったので、厨房《ちゅうぼう》を手伝うこともあり、自然に料理も覚えた。

「ほら、できたぞ」

トーストにオムレツに、カリカリに焼いたベーコンと、ついでにトマトも一切れ付け合わせる。

真っ赤なトマトをちらりと見て、大和が嫌そうな顔をするが気にしない。昔からそうだが、好き嫌いの激しい大和は生野菜の類をほとんど食べない…というか、食べられない。偏食も過ぎると身体に悪い。

「…………」

礼もなく、いただきますの一言もなく、大和が無言で食べ始める。

もう慣れたが、この男は幼稚園からやり直した方がいいのではないだろうか。朝の挨拶、食事の前と後には、何といって挨拶するのか。そして、食事は好き嫌いなく頂きましょう。もう一度習ってきてほしいものだ。

一切れのトマトだけを残して、とりあえず綺麗に平らげてくれた。

仕方なく残ったトマトを口に入れ、珠樹は皿を下げた。ついでに、空になっているカップに三杯目のコーヒーを注ぐ。朝起きたら、大和はいつも三杯コーヒーを飲む。

朝食の後片付けを済ませると、珠樹は掃除に取りかかった。大和は放っておくと、埃《ほこり》の溜まった部屋の中で執筆しかねない。

前担当の西山もさぞ苦労したのだろうと思っていたら、西山の時は通いの家政婦がいたらしい。だから、西山は珠樹ほどの無理難題は押しつけられなかったようだ。

理不尽な…と思うものの、西山が腰痛で倒れた頃、家政婦がたまたま辞めたこともあって、次の担当の珠樹に全ての面倒を押しつけることにしたらしい。

珠樹のことは西山から聞いていたらしく、西山の次の担当に珠樹を据えることは大和本人の希望だった。新しい担当が自分の幼馴染みなら気兼ねしなくていいと思ったのだろう。珠樹にしてみたら、気兼ねする大和など想像もできないが。

他の仕事は放っておいても大和を優先しろと金本に言われている以上、珠樹には大和に従うしかなかった。

二LDKのマンションの部屋は、寝室と仕事部屋に使い分けられていて、執筆活動に入ると、大和はほとんど仕事部屋に籠もりっきりになるようだ。

「出掛けるぞ」

先に仕事部屋の掃除を終え、リビングに戻ってきた途端、大和に声を掛けられる。

「え…」

大和は、すでに出掛ける仕度を整えていた。部屋着のスウェットから、ジャケットとパンツに着替えている。

「お前もついてこい」

「出掛けるって…どこに？」

珠樹は慌てて大和の後を追いかけた。掃除が途中になってしまうが、仕方ない。

大和がエレベーターで地下に降りていくのについていく。地下は駐車場になっていた。

部屋番号と同じ番号のスペースに、スポーツカータイプの車が停《と》まっている。色はブラックで、リーフを開けると、オープンカーにもなるようだ。

「お前、免許持ってるんだ？」

珠樹も免許を取りたいとずっと思っているのだが、忙しさに感《かま》けて、なかなか教習場に足を運ぶことができない。

「ああ、向こうで取った」

「向こうって、アメリカか？」

珠樹は首を傾《かし》げた。

「そうだ」

そういえば、高校時代に大学に入ったら絶対に車の免許を取ると二人で話したことがあった。

男なら誰だって車の免許に憧《あこが》れる年頃だ。

『お前はやめといた方がいいんじゃないか』

だが、張り切る珠樹を他所《よそ》に、あの時、大和は釘《くぎ》を差してきた。

『何でだよ?』

『危なっかしいからな、お前は』

大和の口元が綻《ほころ》んでいる。

『悪かったな。どうせ俺は運動神経が鈍いよ』

お世辞にも運動神経が発達しているとは言えない珠樹は思いっきり渋面をつくった。

『俺が取ったら、助手席に乗せてやるよ』

そう言われて、なぜか意味もなく顔が赤らんだことを覚えている。

そのせいということもないが、乗り込む際、珠樹はつい後部座席のドアを開けようとした。

「おい、隣が空いているのに、わざわざ後ろに乗る奴がいるか」

ドライバーズシートに乗り込んだ大和が文句を言う。

仕方なく、珠樹はナビシートのドアを開けて乗り込んだ。

「どこに行くんだよ?」

車が発進すると、珠樹は訊ねた。

「取材だ」

前方から目を離さず、大和が答える。

ますます珠樹は首を傾げた。今までも、仕事の資料探しを頼まれたことはあったが、取材に同行するのは初めてだった。

繁華街の近くのパーキングに車を停め、大和が先に立って歩いていく。

何となくワクワクする気持ちを抑えられない。せつな海里の小説がどのようにして生まれるか大いに興味があった。大和本人に問題はあっても、珠樹がせつな海里の担当であると同時に大ファンであることに間違いはない。

時折、道行く若い女性が大和の方を振り返って見ていく。大和の正体を知っている人間はいないが、そのすらっとした長身と端整な顔立ちならば無理もない。

昔から女性にモテていた。よく一緒にいた珠樹は、しょっちゅうラブレターの受け渡しを頼まれた。

「どうした？」

「別に」

少し遅れた足並みを揃《そろ》え、並んで歩いていく。

しばらく歩いて、大和が足を止めたのはシネコンだった。平日の今日はそれ程混んではいないが、チケット売り場の前は何人か人が並んでいた。

「どれにするか…俺もお前も、甘ったるいラブストーリーは昔から苦手だったからな。無難なところで、アクションものか」

上映中のタイトルを見比べて、大和がぶつぶつ呟《つぶや》いている。

「どういうことだよ？」

「映画、見るぞ」

自分たちの番になって、大和がアクションものの映画のチケットを二枚購入している。

「はぁ…取材じゃなかったのかよ」

「これも取材の一環だ」

大和に促され、建物の中に入る。

ホールでは、映画のパンフレットや関連商品、それから飲み物食べ物の類が売っていた。

「ポップコーン、買わなくていいのか？」

定番のポップコーンが売られているのを見て、大和が楽しげに言った。

「なんでポップコーン…？」

珠樹はきょとんとした顔をした。

「昔、言わなかったか？　映画見る時は、絶対ポップコーン食べながら見るんだって」

「あ…」

言われて珠樹も思い出した。昔、大和と一緒に映画を見にいった時に、遅刻して上映時間ぎりぎりになっているにも拘《かかわ》らずポップコーンを買うんだと言い張ったことを。あれは確か中学生の頃だった。

「そんな昔のこと、よく覚えてたな」

他意はなく、ただ珠樹は感心するように言った。最近は昔のことをよく思い出すが、まさか大和までそんな昔のことを覚えているとは思わなかった。

「…………」

バツが悪そうに大和がぷいっと顔を逸《そ》らせる。まるで余計なことを言ってしまったというような顔をしていた。

「…行くぞ」

大和が素っ気なく言って、チケットに印字された番号の座席に腰を下ろす。如何にも不機嫌そうだが、この時の珠樹には大和が照れているのだと分かってしまった。

本編が始まるまではまだ時間があったので、珠樹は一人ホールに戻って、ポップコーンを買ってきた。

大和の隣の席に着いた時には、予告編が流れていた。

珠樹の手に山盛りポップコーンが握られているのを見て、大和が僅《わず》かに目を見開く。

「映画見る時は、やっぱこれだよな」

へへ…と珠樹は笑って言った。それから、ポップコーンを口いっぱいに頬張《ほおば》る。

「…馬鹿か」

馬鹿の言い方がいつもより幾分優しい気がした。もちろん、珠樹の気のせいかもしれないが。

隣から伸びてきた手がポップコーンを摘《つま》む。

「相変わらず可もなく不可もなくって味だな」

人の買ってきたものを食べて文句を言うのはどうかと思う。

「そこがいいんだろ、ポップコーンは」

確か、昔もこんな会話をした気がする。

しばらくして、本編の上映が始まった。特に話題になっている映画ではなかったが、思ったよりも面白かった。

そういえば、昔から自分も大和も映画は話題作よりもB級映画の方が好きだった。

上映が終了すると、館内が明るくなって、他の客がぞろぞろと出ていく。

「…大和？」

なかなか立ち上がろうとしない大和を怪訝《けげん》に思って、珠樹は声を掛けた。

ほとんどの客が出ていってから、ゆっくりと座席から立ち上がる。

「行くぞ」

「あ、ああ」

この時、また珠樹は思い出した。大和は団体行動する時、何でも一番最後に動くことを。遠足のバスから降りるのも、クラス写真を撮るのも、行動を起こすのはいつも一番最後だった。

映画館を出て、次に大和が向かったのはショッピングモールである。

「何か買いたいものでもあるのか？」

それは珠樹の素朴な疑問だが、確か大和は取材に行くと言っていたのではなかったか…。

「別に…まだメシを食うには早い時間だからな。単なる時間潰《つぶ》しだ」

大和が適当に店を見て回るのに、仕方なく珠樹はついていく。

「なぁ、取材だって言ってなかったか？」

せつな海里の小説が生まれる瞬間に立ち会えるかもしれないと思って、楽しみにしているのに。

「今も取材している」

「え？」

今流行のファッションとか、人々の買い物風景なんかも作品によっては取材対象になる。

「じゃあ、さっき見た映画も？」

「もちろんだ」

B級映画がせつな海里の小説の参考になるとは思えないが、珠樹はあえて追及するのは止《や》めた。

単なる時間潰しと言いながら、店を回るうちに欲しいものが色々あったのか、次第に買い物の量が増えていく。大和が買い物する度に、珠樹が抱える荷物が増えていく。

これでは、取材の付き添いではなく、買い物の付き添いだ。もっとはっきり言えば、荷物持ちの為に、大和は珠樹を連れてきたのではないだろうか…。

「まだ買うのかよ」

前が見えなくなる程に両手に荷物を抱えさせられ、珠樹は文句を言った。

「…そうだな。こんなところにしておくか」

物色するのをようやく止め、大和が涼しい顔で振り返る。珠樹はホッと息をついた。

「あ…」

しかし、その時、大和の目が新しい獲物を見つけたようにきらりと光る。

「な、何だよ？」

次に何かを買おうとしたら、「自分で持てよ」そう言ってやろうと思っていた。

「あれ…お前に似合うんじゃないか？　ああいうの、好きだろ」

大和が指差した先には、これからの季節に合いそうなパーカーが店先にディスプレイされていた。大和の言う通り、色も形も珠樹の好みだ。

しかし、珠樹の手にはたくさんの荷物がある。気軽に手に取れる状態ではない。

「ふん、サイズも合うな」

そのパーカーのサイズを確かめて、大和が店の人間を呼び、さっさと包んでもらっている。

「お、おい、勝手に…」

確かに好みだが、買うか買わないかを決めるのは珠樹だ。

「買ってやる。荷物持ちの駄賃としては適当だろ」

「へ？」

どうやらプレゼントしてくれるらしいが、こんな時も大和の物言いは横柄だった。

ぽん、と珠樹が抱えている荷物の上にもう一つ袋が追加された。

「…サンキュー」

一応、礼を言っておく。確かに荷物持ちの報酬としては妥当かもしれない。

「別に」

ちらり、と大和が腕時計を見た。

「そろそろいい時間だな」

早足になった大和の後ろから、大荷物を抱えた珠樹がよたよたついていく。

そんな珠樹を見かねて、大和が先にパーキングに寄り、買った物を車に積み込んだ。

身軽になったところで、大和に連れていかれたのはイタリアンレストランだった。最近話題になっている店だから、珠樹もその名前ぐらいは知っている。

「これも、取材か？」

つい確認のように珠樹は訊ねてしまった。

「ああ。今度の小説の犯人はイタリア料理のシェフにしようと思ってな」

「へぇ…」

それならば、この店を取材するのも分かると思って、珠樹は感嘆の声を上げた。

「馬鹿、冗談に決まってるだろ」

すると、大和が思いっきり渋い顔をする。

「え…」

「それこそB級ミステリーの世界だ」

せつな海里の描くミステリーの登場人物はもっと奥が深い。今までイタリア料理のシェフなんて分かりやすい職業の人物が登場したことは一度もない。

「俺の担当なら、俺の小説ぐらい、ちゃんと読んどけ」

これでも、大ファンを自負するぐらいは繰り返し読んでいる。しかし、反論する前に、ボーイがやってきて、テーブルに案内された。

しっとりとした雰囲気の店内で、押し問答などできる筈もない。

店内はカップルが多くて、男二人で食事をするのは照れたが、堂々としている大和を見習い、とりあえず珠樹は話題の店の雰囲気と料理を、楽しむことにしたのだった。


レストランの後、連れていかれたのはホテルの最上階にあるバーだった。

四方が広いガラス窓に囲まれていて、まるで夜景に包まれているかのような錯覚に陥る、ロマンティックなロケーションだ。

これがデートであるならば、最高に盛り上がるシチュエーションである。

だが、今、窓辺に面したソファー席で、並んでグラスを傾けているのは大和と珠樹なのだ。ロマンティックなどという言葉とは縁がない組み合わせだった。

「念の為に聞くが、これも取材なんだよな？」

珠樹はいちいち確認しなければ気が済まない。

「そうだと、何度も言ってるだろう」

面倒くさそうに、大和が答える。

「しかし、何だな…こういう店に、男二人で入るっていうのは恥ずかしいよな」

どうにも落ち着かなくて、珠樹はきょろきょろと店内を見回した。当然ながら、自分たち以外は皆、カップルだ。それぞれのテーブルで、二人の世界をつくっている。

「そうか？　俺は気にしないが」

周囲を気にする様子もなく、大和は涼しい顔でグラスの酒に口を付けている。

「お前、昔からそうだよな。肝が据わってるっていうか、他人の目を気にしないっていうか…」

二人の世界をつくっているカップルが他の客のことなど気に留めるとも思わないが、やはり珠樹には気になってしまう。どうせ自分は小心者なのだ。

「気にする必要もないからな」

「…………」

それだけ、自分に自信があるということだろう。大和は昔から勉強もスポーツもできて、容姿だって街を歩けば、女性が振り返るぐらいに整っている。しかも、今は作家として大成している。

「そういう性格、昔から羨《うらや》ましかったよ」

しみじみとした口調で珠樹は言った。

「嫌味か？」

大和の眉《まゆ》が寄せられる。

「いや、本心」

珠樹が即答すると、大和は少し驚いたような顔で、珠樹を見た。悔しいから口にはしないが、大和に憧れていた時期があった。何でもできる幼馴染みは珠樹の自慢でもあった。

「俺は、お前のそういうところが羨ましかったけどな」

「え…」

大和の口から意外な言葉を聞いた。全てに恵まれた大和が誰かを羨ましがるなんて、ありえない。

「そういうところって…」

「さぁな」

大和は言葉を濁した。

それから、大和も珠樹も黙り込んだが、決して雰囲気が悪いわけではない。沈黙が心地好《よ》かった。

「なぁ…」

先に沈黙を破ったのは珠樹だった。今ならば、ずっと疑問に思っていたことが訊《き》けそうな気がして、思いきって口を開く。

「何だ？」

「お前、何で小説家になったんだ？」

せつな海里の正体が幼馴染みの大和だと知ってから、ずっと疑問に思っていたことだ。

大和の父親は葵電機という、誰もが知っている大手家電メーカーの社長だ。長男である大和はその父親の跡を継ぐものとばかり思っていたのに。大和本人もそう言っていた。少なくとも高校の頃までは。

「何でだろうな。気付いたら、小説を書くようになっていて、いつの間にかそれが職業になっていた」

窓の外を見つめる大和の目は、どこか遠くを見つめているような気がした。

せつな海里は二年前、新人賞を受賞して、彗星《すいせい》のごとく現れた。

「親父さん、反対しなかったのか？」

大和の家は自分の家とは雲泥の差の大きな家だが、小さい頃は遊びに行ったこともある。大和の父親は忙しい人で滅多に顔を合わせることもなかったが、母親や弟とはかなり親しくしていた。

「…………」

大和が黙り込む。父親の跡は弟が継ぐと言っていたけれど、何か事情でもあるのかもしれない。

再び会話が途切れ、珠樹は手持ち無沙汰にグラスに手を伸ばした。しかし、それは大和のグラスだった。水割りが入っていた珠樹のグラスとは違って、ストレートの強い酒に、思わずむせ返る。

「たくっ、何やってんだ？」

「ま、間違えたんだよ」

本来、珠樹は酒には強くない。ビールでも、一杯飲めば顔が赤くなる。

大和がボーイを呼んで、水を一杯もらってくれる。

「…悪い」

水を飲んで、少し落ち着いたところで、珠樹は顔を赤くした。

目の前で、大和が微笑んでいる。いつもはシニカルな笑みが今夜は優しげに見えた。いや、何やら艶《つや》さえ含まれているような…。

咄嗟《とっさ》に、珠樹は大和から目を逸らした。心なしか胸が大きく高鳴っている気がする。

男が男に、胸をどきどきさせるなどありえない。あってはならない。しかも、相手は大和なのだ。

そんな珠樹の気も知らず、大和は涼しい顔で間違えて珠樹が口を付けた自分のグラスに手を伸ばした。よく考えると、これも一種の間接キスになるのではないか…と思って、珠樹の瞼《まぶた》の裏に火花が散った。

余計なことを考えてはいけない。間接キスの一つや二つ、大したことではなかった。

「そうか…」

ふと、大和が何かに思い当たったような楽しげな声を上げる。

「な、何だよ？」

何を言われるのかと、僅かに珠樹は身構えた。

「さっきのやつ…もしかして俺と間接キスがしたかったのか？」

大和が含み笑いを漏らす。

「ばっ…」

珠樹の顔はリンゴより赤く染まってしまった。

「な、何、言ってんだよ…そんな…そんなこと…ある訳…ない…だろ…」

文句を言いながらも、だんだんと言葉尻が弱くなっていく。まるで自分が考えていることを見透かされたみたいにバツが悪い。

「ふーん」

手にしたグラスを弄《もてあそ》ぶように何度か回して、大和がグラスに口を付ける。

反らされた喉のラインが滑らかで、思わず目が離せなくなった。喉の筋肉が動いて、茶色の液体を喉の奥へと流し込む。

ふっ…と、大和の口の端が歪んだ。

「飲みたそうな顔をしているぞ」

「してない！」

ハッとして、珠樹は慌てて大和から目を逸らした。ついムキになってしまった。

「まぁ、いいけどな。じゃあ、そろそろ行くか？」

大和がゆっくりと立ち上がるのに、珠樹は怪訝そうな顔でついていく。

エレベーターに乗り込み、てっきり一階まで降りて帰るものと思っていたら、エレベーターはたった一階降りただけで止まってしまった。

開いたドアから、さっさと大和が降りて、珠樹を手招きする。

「ほら、来い。まだ取材は終わっていないんだ」

そう言われては仕方なく、珠樹は大和に従った。

両側に等間隔でドアが並んだ廊下を歩いていく。すると、今度大和が足を止めたのは、一つの部屋の前だった。ポケットから取り出したカードキーを差し込んで、ドアを開ける。

「な、何…？」

珠樹を置いて、大和が一人部屋の中に入る。珠樹はドアを開けたまま、恐る恐る部屋の中を覗《のぞ》き込んだ。

「おい、誰も取って食いやしない…さっさと入ってこい」

「別に、そういう訳じゃ…」

そろそろと部屋の中に足を踏み入れるが、珠樹の足はまだドア付近に留まっていた。カードキーを持っていたということは、大和はこの部屋をリザーブしていたのだろうか…。どういうつもりで、大和が部屋など取ったのかさっぱり分からなくて、珠樹は戸惑った。

「警戒するのは、俺を意識している証拠か？」

大和がわざと挑発するような台詞《せりふ》を吐く。

「…………」

そこまで言われては、珠樹も引き下がれない。部屋の中央まで進んで、ぐるりと部屋の中を見回す。続き部屋になっている室内は手前がリビングルーム、奥がベッドルームになっているようだった。広さといい、調度品といい、かなり高級な部屋だ。もしかしたら、スイートルームというやつかもしれない。スイートルームなんか入ったことがないから、分からないが。

いや、そんなことより、こんな部屋に珠樹を連れ込んで何をするつもりなのか…。まさか…。

珠樹が顔を青ざめさせていると、奥の部屋から楽しげな大和の声が飛んできた。

「赤くなったり、青くなったり、忙しい奴だな」

大和が広いベッドの端に腰を下ろして、珠樹を見ている。

「こっちに来い」

言われても、すぐには行動に移せなかった。すると、大和の目が挑戦的に珠樹を見据えてくる。

二の足を踏んでいる珠樹に対して、その目は恐いのかと告げていた。ここは虚勢を張るしかなかった。

珠樹は隣のベッドルームまで歩いていった。恐がっていると大和に思われたくはない。たとえ大和の言う通り、それが大和を意識している証拠だとしても。

自分の隣を促す大和に従って、珠樹もベッドの端に腰を下ろす。

その瞬間、大和の口元から、くすりと笑みが零《こぼ》れた。

「何…！」

珠樹はハッとして身構えたが、次の瞬間くるりと身体を傾けた大和に肩を摑《つか》まれ、そのままベッドに押し倒される。

天井を仰ぎ見る間もなく、大和の身体が覆い被《かぶ》さってきた。

「…な、何の真似《まね》だよ？」

キッと睨《にら》みつけるが、あからさまな動揺は隠せない。重なり合う身体と身体が微妙な熱を帯びていく。

「これも、取材の続きだと言ったら、どうする…？」

不遜《ふそん》な台詞とは裏腹に、大和の表情は変わらない。重なり合う身体は熱いが、その目は冷めていた。珠樹に、大和の心の内を読むことはできなかった。

「担当編集として、お前には付き合う義務がある…」

大和の大きな手が、服の上から珠樹の腹を撫《な》でる。ぞくりとした痺《しび》れが珠樹の背を騒がせた。

「冗談、だろ…？」

珠樹の瞳に怯《おび》えが混じる。情けないが、この時、大和を恐いと思った。その真意が分からないこともある。だが、担当編集として、珠樹にせつな海里である大和を跳ね除《の》けることはではない。

「冗談だと思うか…？」

「…あ……」

シャツの裾《すそ》を引きずり出した指が服の中に差し込まれ、直《じか》に肌をまさぐってくる。熱いような冷たいような変な感じがした。

「俺の指、感じるか…？」

小さな円を描くように腹を撫で回していた手が徐々に這《は》い上がってくる。小指の先が、不意に突起に触れた。

「や…っ」

ぴくん、と珠樹の身体が跳ねた。下腹に熱が溜まる、この感じは覚えがあった。

「やめろ…やめてくれ…こん、な……」

惑乱したまま、珠樹はかぶりを振った。大和は本当にこのまま珠樹に行為を強要するつもりなのか…。昔から我儘《わがまま》放題振る舞っていても、珠樹の意思を無視するような仕打ちは決してしない男だったのに。珠樹には大和という男が分からない。

自分たちは幼馴染みで、昔からの大事な友達で、今は作家と担当編集という立場だけれど、珠樹は大和の書く小説が大好きで…。

色々な感情がないまぜになって、珠樹の目尻《めじり》にじわりと涙が浮かぶ。自分でも、何の為の涙か分からなかった。もう頭の中がぐちゃぐちゃだ。

不意に、短く舌打ちする音が聞こえる。

「別に…立場を利用するつもりはない。嫌がる相手に無理強いする程、相手に不自由している訳でもないしな」

大和がゆっくりと身体を起こして、ふいと横を向いた。涙で霞《かす》んだ珠樹の目には、大和が今どんな顔をしているか、よく見えない。

「…………」

珠樹は大きく肩で息をついた。すぐにも起き上がりたかったが、張り詰めた気が解かれ、全身から力が抜けたようになっている。

それを見て、大和が軽く肩を竦《すく》め、動けない珠樹に向かって手を伸ばしてくる。

「しょうがない奴だな」

「誰のせいだと…ッ」

そこまで言って、珠樹は口ごもった。すぐには大和の手を取る気にはなれなかった。

「ほら、もう何もしやしない」

尚《なお》も大和が手を差し出してくる。それでもまだ一瞬、躊躇《ちゅうちょ》して、それからゆっくりと大和の手を取り、珠樹はベッドから起き上がった。

心臓の鼓動が速くて胸が痛い。さっきの大和は本気か冗談か判断がつかなかった。

この時、珠樹は大和に対して、言いようのない不安を感じた。こんなことは初めてだった。相手が何を考えているか分からないというのは、無性に不安を覚えさせる。

「帰るぞ。用は済んだ」

「…………」

珠樹は黙って大和の後に続くことしかできなかった。

3

それからも、相変わらずの日々が続いた。せつな海里の担当編集として、珠樹は毎日忙しい。最近の珠樹はほとんどせつな海里の専属だった。

先日のホテルでのことが心に蟠《わだかま》りを残したが、表面上は何も変わらない。

今日も仕事中に呼び出され、汚れた部屋の掃除と遅い朝食の仕度を頼まれた。いや、命令された。

掃除はともかく、朝食のメニューはご飯と味噌《みそ》汁と焼き魚がいいと言われても、冷蔵庫に魚の類は入っていなかった。

買い物に行ってくるから少し時間がかかると言ったら、大和の機嫌は一気に悪化した。

「それぐらい、気を回して、先に買ってこい」

大和の物言いには慣れたつもりだったが、流石の珠樹もかちんときた。

「だったら、電話で呼び出す時に言えよ。魚が食いたいけど、冷蔵庫にないから、買ってきてくれって」

「冷蔵庫の中身ぐらい、お前が把握しておけ」

「はぁ？」

今にも珠樹は切れそうだった。

「仕方ない。俺は少し仮眠を取るからな。その間に、メシの仕度をしておけ」

それだけ言って、大和が寝室のドアの向こうに消える。

どこまで行っても大和は大和だった。先日のホテルでの一件など、全く気にしている様子はない。拘っているのは珠樹だけだ。

ともかく、こんなところで一人腹を立てていても仕方ないので、珠樹は買い物に行くことにした。

もう一度冷蔵庫の中を確認して、補充しなければいけないものを点検する。どうせ朝食の仕度だけではなく、夕食や夜食の仕度もしなければいけないのだ。魚以外にも必要なものはたくさんあった。

コンビニでは間に合わないので、少し足を延ばして大型スーパーまで足を運ぶ。

仮眠するのなら、多少時間がかかっても構わないだろう。

買い物カゴに必要なものを入れて、レジの行列に並ぶ。

財布はかなり早い時期から大和から預かっている。幼馴染みであり、担当編集者でもある珠樹を信頼してくれているのだろうが、再会してすぐ大金の入った財布を預ける大和の神経はよく分からない。

それにしても、こうやって財布を預かって買い物などしていると、まるで主婦にでもなったような気分だ。

確かに、大和の家へ来て、やっていることといえば、食事の仕度に掃除に洗濯だから、担当編集者としてというよりは主婦の仕事に近い。

買い物を済ませ、スーパーの自動扉から外に出たところで、大きな溜め息が漏れる。

両手に食料の入った袋を抱え、マンションまでの道を歩いていると、自分は一体何をやっているのだろうという気になる。

金本から、今のお前の仕事はせつな海里から原稿をもらうことだと言われている以上、業務上の問題はないが、それでも納得がいかなかった。

おさんどんが編集の仕事の一つだと割り切れる程、達観はできない。

マンションに着いて、持っている合鍵でインターロックシステムを解除し、エレベーターに乗り込む。

最上階まで上がって、エレベーターから降りたところで、大和の部屋の前に一人の男が立っていることに気付いた。

もう何年も会っていないが、その男の顔には見覚えがあった。大和の弟の悠麻《ゆうま》だ。最後に会った時はまだ中学生だった。

「…お久しぶりです」

珠樹を見て、悠麻は少し驚いた顔をしたが、昔のように人懐っこい笑顔で声を掛けてきた。小さい頃は大和と共によく一緒に遊んだ。

「久しぶり…六年ぶりかな。君は今はもう大学生…？」

「はい、三年です」

穏やかで優しい顔立ちをした悠麻は大和とはあまり似ていないが、二人はとても仲の良い兄弟だった。

「そっか…大きくなったな」

つい年上ぶってしまったのは、珠樹にとっても悠麻は弟のような存在だったからだ。悠麻はいつも大和の後を追いかけてきていて、妹しかいない珠樹には羨ましかった。

「大和を訪ねてきたんだろ？　こんなところで立ち話も何だから、どうぞ」

ドアに鍵を差しながら、珠樹は悠麻を促すが、悠麻はなかなかその場を動こうとはしなかった。中に入るのを躊躇《ためら》っているように見える。

「どうかしたのか？」

珠樹は悠麻の方を振り返って訊ねた。

「いえ、あの…」

「ん？」

悠麻が遠慮する理由が、珠樹には分からなかった。

「あ、あの…珠樹…さんと、兄は今でも仲良くされているのですね」

昔は珠樹兄ちゃんと呼んでくれたのに。珠樹は少し寂しさを感じた。

「ああ…いや、えーと、聞いてない？　俺、出版社に勤めてて、今は大和の担当をしているんだ」

流石に弟の悠麻なら、大和がせつな海里であることを知っているだろう。そう思ったのだが。

「そう…だったんですか…俺、何も知らなくて…兄が作家をしていることは聞いたのですが、それでも詳しいことは何も」

本当に何も聞かされていなかったようで、最初に悠麻が珠樹を見て驚いた理由が分かった。

しかし、大和はなぜ珠樹のことを悠麻に一言も言っていなかったのだろう。知らない仲ではないのだから、話のついでに報告してもよさそうなものだ。

「大和も冷たいよな。一言ぐらい、俺のこと君に言ってくれてもよさそうなものなのに」

珠樹は剝《むく》れた。自分のことなんか報告する必要もないと思われているのだったら、流石にショックだ。

「あ、いえ…ここ一年ぐらい兄とは話す機会もありませんでしたから」

「え…」

いくら家を出て、一人暮らししているといっても、一年も家族と話をしないということがあるだろうか。電話の一つぐらい入れそうなものなのに。

「兄が作家になって家を出ると言った時も、突然で驚きましたから」

そう言う悠麻はとても寂しそうに見えた。

「ともかく中へ。一年も話していないなら、積もる話もあるだろう」

珠樹はもう一度部屋の中へと悠麻を促した。

「でも、兄は僕が訪ねてきたことを歓迎しないでしょうから」

珠樹はますます頭を捻《ひね》った。珠樹のよく知る二人は仲の良い兄弟だった筈だ。

「なぁ、喧嘩でもしたのか？」

珠樹に思い当たるのはそれぐらいだ。

「それは…いえ、そんなことは…」

珠樹と悠麻が玄関で押し問答しているところへ、大和が顔を出した。

「…玄関で何を騒いでいるんだ？」

仮眠すると言っていたから、おそらく寝起きなのだろう、その声はとても不機嫌そうだ。

「お前…」

悠麻の姿を見て、大和の目が大きく見開かれる。

「お久しぶりです、兄さん」

悠麻が遠慮がちに挨拶する。昔とは違うよそよそしい兄弟の様子に、珠樹は戸惑うばかりだ。

「帰ってきたなら、さっさとメシの仕度をしろ。俺を飢え死にさせるつもりか？」

大和が言った。

「たくっ、大袈裟《おおげさ》だな。それより悠麻くんが…」

さっさと奥に下がろうとする大和を見て、珠樹は慌てて引き止めた。

だが、大和の足は止まらない。

「おい、待てよ、悠麻くんがせっかく訪ねてきてくれたのに…」

まるで悠麻を無視するような大和の態度に、珠樹の声に険《けん》が混じる。

「誰も頼んでいない」

弟思いの優しい兄の姿はどこにもなかった。

「そんな言い方！」

珠樹は声を張り上げた。

「いいんです。突然訪ねてきた僕が悪いんですから」

そんな珠樹を、悠麻は制止した。それから、ゆっくりと大和の方に進み出る。

「父さんが兄さんに会いたがっています。一度、家に帰ってきてくれませんか？」

訴えるような目で見つめる悠麻にも、大和は冷たかった。

「俺はもうあの家を出た人間だ。用はない」

大和が奥に下がると、悠麻は大きく肩で息をついた。

「悠麻くん」

珠樹は何と言葉を掛けていいか分からなかった。珠樹とて大和の態度に戸惑い、混乱している。

「帰ります。突然お邪魔して、すみませんでした」

悠麻が踵《きびす》を返して帰っていく。珠樹はさっぱり訳が分からなかった。一体、六年の間に何があったのだろう…。

珠樹がキッチンに入ると、大和はリビングのソファーに腰を下ろし、テレビを見ていた。

だが、その大和にテレビを楽しんでいる様子はない。どこかぴりぴりとして、気を張り詰めている。

食事の仕度をしながら、珠樹は質問する隙《すき》を窺《うかが》ったが、大和はなかなか珠樹に質問する隙を与えてくれなかった。

食事をしている間も重苦しい雰囲気が続く。

後片付けをしている時、大和がキッチンに入ってきた。飲み物を取りに来たようだが、大和にしては珍しく珠樹を呼びつけないで、自分で冷蔵庫から水を出し、グラスに注いでいる。

珠樹は思いきって声を掛けてみることにした。

「なぁ、お前と悠麻くん、何かあったのか?」

大和がちらりと珠樹の方を見たが、答えてくれる気は全くないようだった。珠樹を無視して、リビングのソファーに戻る。

「なぁってば!」

だが、珠樹は諦めない。大和を追いかけて、問い詰める。大和に遠慮するような悠麻の姿が悲しかったからだ。

「お前には関係ない」

にべもない大和の言い方に腹が立ったが、その冷たい言葉とは裏腹に、大和の目がどこか寂しそうで、珠樹は文句を言おうとした口を噤《つぐ》まざるをえなかった。きゅっ、と唇を噛《か》み締める。

「他人の家族のことなんか放っておけばいい」

大和が追い討ちをかけるような言葉を吐く。しかし、今度は腹は立たなかった。それより他人と言われたことが悲しかった。確かに他人と言えば他人だが、自分たちはそれだけではない筈だ。家族より近いところにいた時代もある。珠樹にとって、今も悠麻は弟みたいな存在で、そして大和は…。

そこで、一旦《いったん》、珠樹の思考はストップした。今の珠樹にとって、大和がどのような存在か、すぐに答えは出なかった。

大和は今も大切な幼馴染みで、そして担当編集としてはせつな海里という売れっ子の作家で、ファンでもある。だが、それだけだろうか…。

「お前って、本当に昔から意地っ張りだよな」

珠樹はわざとらしく溜め息をついた。

「辛《つら》い時は辛いって言えばいいんだよ」

大和の抱えているものが何か、珠樹には分からない。だが、大和は何かに苦しんでいるようだ。

隣に腰を下ろし、珠樹は母親のような気持ちになって、大和の身体に手を回した。主婦の次は母親か…担当編集も忙しい。

「何の真似だ？」

大和が訝《いぶか》しそうに珠樹を見る。

「お前が泣いているように見えたから…」

「俺が泣く…馬鹿なことを言うな…」

また冷たく突き放されるかと思ったが、大和は珠樹の手を振り払うような真似はしなかった。

「…ふん、お節介なところも変わらないな」

その時、ふと大和の目が優しく綻んだように見えた。

「…どうせ俺は昔からお節介だよ」

なぜか胸の鼓動が速まったような気がして、たまらず珠樹は大和から目を逸らした。人の性格なんて、そんなに変わるものではない。

「分かっているならいい。それで、お節介なお前は俺を慰めてくれるとでもいうのか？」

大和の目にいつもとは違う艶めいた色が混じった。その意味が分からないほど、珠樹ももう子供ではない。

「お前が、そうしたいなら…」

「同情は御免だ…」

熱を帯びた指先が、そっと珠樹の頬を撫でる。

「…同情なんかじゃない」

だったら、何かと問われれば、今の珠樹には答えられなかった。だが、大和を放っておくことはできない。大和が求めているものが人肌の温《ぬく》もりならば、珠樹にも与えることができる。

「だったら、慰めてもらおうか…文字通り、お前の身体で…」

大和が珠樹の方に体重をかけてきて、そのままソファーに倒れ込む。組み敷かれても、抵抗しなかった。

「…っ…ん……」

珠樹の顎《あご》を固定して、大和が口付けてくる。大和とキスしているのだと思ったら、どこか不思議な気がした。でも、全然嫌な感じはしない。思ったよりも柔らかな唇は甘くて心地好い。

最初は触れるだけの口付けが、角度を変え、何度も擦り合わせるうちに次第に深くなっていく。尖《とが》らせた舌先で唇と唇の間をなぞり上げられると、びくっと珠樹の肩が震えた。

そっと珠樹の顎を持ち上げ、僅かに開いた口の中に大和の舌が侵入してくる。

びっくりして、一瞬逃げようとした舌を捕まえられる。絡まる舌の先から蜜を送り込まれ、珠樹の喉がこくりと鳴った。鼻にかかったような甘ったるい声が漏れる。

口付けに酔ったように、珠樹はうっとりと目を潤ませた。

大和のキスは強引で、我がもの顔に珠樹の口腔内を蹂躙《じゅうりん》する。だが、一見身勝手なように見えるキスが、不思議と優しい熱に溢れていた。まさか大和のキスがこんなに甘いとは思わなかった。

それとも、相手が大和だから、こんなに甘く感じるのだろうか…。

喉元に大和の唇の感触を感じて、珠樹はハッとした。これから自分の身に起きるであろうことを考えれば、平静ではいられない。

「大和……」

怯えを隠しきれず、大和の名を呼ぶ声が震えた。

「止めるか？」

大和がゆっくりと顔を上げ、珠樹を見つめる。乱れた前髪を優しく掻《か》き上げてくれた。

「今なら、まだ離してやれる。これ以上、進んだら、この前のホテルの時みたいに途中で止めてやることはできない」

先日のホテルでのことを思い出し、珠樹は身を竦めた。あの時の大和は珠樹の知らない男みたいで、とても恐い気がした。

「ただし、その場合は二度と俺の中に入ってこようとするな。お前は、単なる俺の担当だ。今までも、そしてこれからも…」

脅迫めいた大和の言葉に、珠樹の胸が痛む。単なる担当では嫌だと心が叫んでいる。大和は、珠樹が尊敬するせつな海里という作家で、また自分の大切な幼馴染みでもあり、でもきっとそれだけではない。恐い気持ちより、大和の傍《そば》にいたい気持ちの方が勝った。

「…止めない」

「恐いくせに、か？」

鼻で笑われたが、なぜか馬鹿にされた気はしなかった。何となく今夜の大和はいつもより優しい。

「別に」

「震えているぞ…？」

大和の下に組み敷かれた身体は、先程から震えが大きくなる一方だった。

「これは…少し不満なだけだ」

おそらく大和にはバレバレだろうが、珠樹は強がった。

「不満？」

大和が不思議そうに首を傾げる。

「その…俺が下なのかと思ってさ…」

珠樹は恥ずかしさに唇を嚙んだ。途端に、大和がぷっ…と噴き出す。

「何だ…お前、上がやりたいのか？」

からかうように言う大和は、もういつもの大和だった。

「そりゃ…」

珠樹はそのことを深く考えていた訳ではない。だが、男に生まれたからには、誰だって自分が押し倒される側に回るなんてことは考えないものだ。

「そうか…」

大和は何かを考えている。もしかしたら、変わってくれる気になったなんてことが…。人肌を使って慰めるのが目的なら、どっちがどっちでも構わない筈だ。

「だが、却下だな」

大和が珠樹の震える指先に音を立ててキスしてくる。

「…っ……」

そこにびりっとした電流のようなものが流れて、珠樹は咄嗟に手を引こうとしたが、大和ががっちりと珠樹の手を捕まえて離さない。

上半身を脱いだ大和が改めて珠樹の上から覆い被さってくる。細身に見えた身体が案外と逞《たくま》しくて、珠樹は瞼の裏がちかちかしてしまった。

珠樹が顔を背けた隙に、大和が珠樹の身に着けているシャツのボタンを無遠慮に外す。

「ちょ…っ…待て…って…ッ」

前をはだけられ、大きな掌《てのひら》で直接素肌をまさぐられて、珠樹の息は上がった。大和に触れられる先から奇妙な熱が湧《わ》いてきて落ち着かない。それは徐々に、しかし確実に珠樹の身体の隅々までを侵食していく。

「お前はこうされる方が似合ってる…」

「何だよ？　それ…っ…ん…ぅ…」

大和が珠樹の顎を捕まえ、再び口付けてくる。今度はいきなり口腔《こうこう》内に侵入してきた熱い舌に驚いて、珠樹の舌が縮こまるが、ここまで来て逃げを許してくれるような男でないことは、珠樹が一番よく分かっていた。

「可愛いと言ってるんだ…それに、お前は俺を抱きたいと思うのか？」

再び絡め取られた舌の先に痺れが走って、珠樹はハッとした。思わず大和の肩を押し返そうとするが、逆に大和は腰と腰を密着させてきて、足を絡めてくる。こうしていると、否応《いやおう》なしに互いの高ぶりを実感させられる。

「それ、は…」

珠樹は唇を噛んだ。生憎《あいにく》と大和に限らず男を抱きたいと思ったことはない。

「俺は、お前を抱きたい…」

耳元で囁《ささや》かれて、どくんと大きく胸が高鳴った。これだけのことで、珠樹のものは早くも熱を持ち始めていた。

だが、大和のものも珠樹に負けず劣らず強烈な熱を放っている。布越しでも、それがはっきりと分かった。

巧みな舌に翻弄《ほんろう》され、珠樹はだんだんと頭の中が霞みがかってきた。蜜が口の中に溢れる。喉の奥まで痺れたようになって、上手《うま》く飲み込めない。何だか力も抜けて、雲の上を歩いているような、ふわふわした感覚に包まれる。

大和とキスするのは嫌ではない。それどころか気持ちいい。珠樹の目が夢見るように潤んだ瞬間、大和が少し困った顔をして、名残《なごり》惜しげに唇を離した。

「そんな目をするな。止まらなくなるぞ…」

照れくさそうに笑う大和なんて、珠樹は初めて見た。

「いいよ……俺が下でも…」

大和の顔はまともに見られなかったが、それでも珠樹は大和に伝えた。自分と肌を合わせることで、大和の寂しい気持ちが少しでも埋められるならそれでいい。

「珠樹…」

大和は少しびっくりしたようだった。大和を驚かせるのは満更でもない。

「いい覚悟だ…褒めてやる…」

「あ…っ」

大和の厚い唇が喉元を彷徨《さまよ》い、珠樹の顎が上がった。とくとくと速く脈打つ箇所を暴かれ、そこに強く吸いつかれると、淫《みだ》らなざわめきが珠樹の背を騒がせる。

「…や…っ」

胸をまさぐっていた指がそこにある小さな突起を見つけて、きゅっと摘んできた。指の腹で押し潰すように揉《も》まれる。ヘソの下が切なく疼《うず》いて、たまらず珠樹はきつく目を閉じた。

「この前も思ったが、もしかして、俺は早くもお前の弱点を摑んだのか…？」

「あっ…いや…だ……そこ…ッ…あ、あぁ……」

漏れる喘《あえ》ぎが止まらない。身体が激しく火照《ほて》って、珠樹は知らず身体が動いてしまう。

「ここがいいんだろ…？」

じっとしていられなくて、右に左に身体をよじる珠樹の耳元に、吐息ごと甘い声が吹き込まれた。その意地悪な質問に答えるというよりは、どこから湧き上がってくるのか分からない得体の知れない感覚に流されまいとして、珠樹は懸命に首を横に振る。

「…やっ…あ…」

両方の突起を同時に摘み、弄《いじ》くりながら、大和が素早く身体をずらして、浮き上がった顎の先にキスしてきた。そこから濡《ぬ》れた軌跡を描いて、移動した舌の先が、鎖骨《さこつ》の窪《くぼ》みをなぞってくる。その後で、胸元に降りてきた舌が突起の周囲を繰り返し舐めた。少し焦《じ》れったい刺激に、珠樹の胸がもどかしげに浮き上がる。

「…何だ？」

含み笑いを漏らす大和は、珠樹が今どういう状況に追い込まれているか分かっていて、あえて惚《とぼ》けていた。

「大和…そこ…離し…ッ」

珠樹は激しく息を漏らした。そこだけが火が点《とも》ったように突起の先がむずむずする。そこにもっと触れてほしいような、もっとそこを愛してほしいような気になるなんて信じられない。

「日本語《にほん》は正しく使え…編集のくせにそんなことも分からないのか？」

「…今は…そんな、こと…っん……関係ない、だろ…ッ…くぅ…んっ…」

大和の舌はさっきから胸の上を行ったり来たりしているが、肝心の突起にはわざと触れないでいる。ふっ…と、珠樹の気も知らず笑った大和の吐く湿った息がそこに艶《なまめ》かしく絡みついてきた。

「教育的指導だ…さぁ、どうしてほしいんだ？　言わなきゃ分からないぞ」

「ん…んんっ…」

珠樹はぱさぱさと髪を振り乱した。その珠樹を焦らす手管が妙に慣れていて、珠樹はムカムカした。昔から女性にモテていたことは知っているが、今ここで思い知らされるのは面白くない。

「意地っぱりめ…」

大和にだけは言われたくないと思うが、文句は喘ぎに紛れてしまう。尖った舌が、一瞬突起の先を掠《かす》め取っていく。珠樹の身体が、びくんと大きく跳ねた。

「ほら、赤く色づいてきたぞ…さっきより尖って、随分と苦しそうだ…ん？」

「…っ…て…ほし……」

とうとう我慢できなくて、珠樹は懇願した。触ってほしい、と。それはとても小さな声だった。

「俺に触ってほしいのか？　これを…舐《な》めて、吸って、可愛がってほしいんだな…？」

珠樹の羞恥心《しゅうちしん》を煽《あお》るべく、今度は大和が口に出して確認してくる。こういう奴だと分かっていた筈なのに、大和の手に落ちた自分の身体が恨めしい。

「お前…案外といやらしい奴だな…」

悔しくて、珠樹がきつく唇を噛み締めるが、濡れた舌に尖りのてっぺんを存分にくすぐられた途端、唇のいましめは呆気《あっけ》ないぐらいにほどけた。

「ああ…っ」

珠樹の身体が大きく仰《の》け反る。今まで知らなかった感覚が一気に押し寄せてきて、珠樹は狼狽《ろうばい》した。突起に絡まる舌が、珠樹の身体の奥を切なくさせる。本来男が持つ筈のない機能、今まで誰も受け入れたことのない深い芯に疼きを感じるなんて…。

「いい顔だ…お前、そんないやらしい顔もできるんだな…悪くない…」

愛撫の範囲を徐々に広げていく大和が甘く囁く。腰骨を舌でなぞり、下腹部に強く顔を擦《こす》りつけてきた。

「…何…言って……あっ…くぅん…っ」

一旦崩れた理性の砦《とりで》は修復不可能で、すでに珠樹はまともな思考が保てなくなっている。大和の舌が、そこここを這い巡るのに、悶《もだ》えっぱなしだった。

「…あぁ…ん…んっ…あ…っ…」

受身の感覚は最初は少し苦しくて、だが今はもう全身に蕩《とろ》けるような快感が回っている。

それでも、すっかりほどけたようになっている身体の中で、さっきまでさんざん弄り回された胸の突起だけは絞られたように硬くなっていた。

「や、大和…」

無意識のうちに、珠樹の口からねだるような声が漏れる。ゆっくりと顔を上げた大和が、鼻で笑った。

「言わなきゃ分からないと、さっきも言ったな…」

「…あ…っ…そこ……吸って…ほし…」

もう自分ではどうにもならない意志が働いているようだった。恥も外聞もなく、珠樹はただいやらしい行為をねだった。

「本当にいやらしい奴だ…」

左右交互に突起を啄《ついば》まれ、身体が胸から浮き上がるような錯覚に陥る。快楽に身体が支配されると、こんなにも受ける刺激に貪欲《どんよく》になることを珠樹は生まれて初めて知った。

「俺にこんなことをされて、悦《よろこ》んでいるのか…」

「…う…うるさい…お前だって…はっ…ぅ…ん」

何度も吸われた突起はこりこりに硬くなっていた。しこる突起をしつこく舐め回す大和こそ嬉しそうに見えるのは、珠樹の気のせいばかりではない。

「嬉しそうに見えるか？」

「見える…ッ…」

気が遠くなりそうな愛撫の中で、珠樹は必死に叫んだ。この変態…と、しかし続きを叫ぶことはできなかった。なぜなら、いつの間にか全ての衣服を取られていたことに遅ればせながら気付いたからだ。

大和の裸の胸に抱き寄せられ、珠樹は焦った。

「そうだな、楽しいかもな。ここを弄る時のお前…随分と可愛い声を出してくれるからな」

「なっ…」

大和の指先が胸元を辿《たど》り、尖りきった突起の先をぴんと弾く。愛撫を受ければ受けるほど艶を増す珠樹の表情に、大和はとても満足そうだ。

「あ、ん…」

「ほらな」

したり顔の大和が憎たらしい。珠樹の方は今こうしている間にも身体中に巣くう淫らな熱を持て余しているというのに。

「…も…っ…やっ…だ……あっ…!」

珠樹の耳朶《じだ》を唇で啄みながら、大和が中心のものに手を伸ばしてくる。掌で包むように擦られ、珠樹は息を詰めた。同じ性を持つ大和が相手では、最初から珠樹に勝ち目はない。

「もっと気持ち良くしてやるよ…」

「あ…」

耳元で熱く囁かれて、びくんと珠樹の背が震えた。今はもう全身が敏感になりすぎているのか、大和の声一つにも感じてしまう。恥ずかしくて思わずクッションに顔を擦りつけた珠樹の顎を持ち上げ、大和が改めて自分の方に向かせる。

「こんな時に余所《よそ》見するな…ちゃんと俺のことを見ていろ…」

それはとても大和らしい言い分だったが、珠樹の中から恥ずかしい気持ちが消えることはない。今だって、大和とこうしている自分が信じられなくもあるのだ。

「だって…こんな…まさか、お前とこんなことになるなんて…」

「何だ…恥ずかしいのか？」

珠樹が最後まで言いきる前に大和がキスしてきた。こんな時もキスだけは優しい。だから、珠樹はそんな大和を少しずるいとも思う。

「当たり前だ…ッ」

「今更だろ？　それに、俺は…もっとお前の恥ずかしい姿を見てみたい…」

珠樹は精一杯目を見開いて、目の前の大和を見つめた。だが、どういう意味だと問い質《ただ》す時間の余裕はなかった。

「先に達《い》かせてやろうと思ったが、無理そうだ…少しお喋《しゃべ》りが過ぎたな…」

少し上体を浮かして、奥歯を噛み締める大和は何かの気をやり過ごしているようにも見えた。

「…何…つぅ…ん…ッ…」

珠樹のものを離れた大和の手が奥を目指して進んでくる。撓《しな》る指先が柔らかな丘を掻き分け、その奥にある蕾《つぼみ》をノックした。

「やめ……大和……っ」

男同士の行為がどこを使って行われるかぐらいの知識は珠樹にもあったが、自分が普段と違う立場に置かれた場合、尻込みするのも無理はない。

「じっとしてろ…今更止めてはやれない…」

「ひっ……」

それは指とは思えないぐらいの異物感だった。引き攣《つ》るような痛みが走って、珠樹の顔が苦痛に歪む。狭いそこに焦れた大和が無理やりに指を沈ませてきた。

「大和…ッ…痛い…ッ」

「少しだけ我慢しろ…」

珠樹は歯を食いしばり、大和の背にしがみついた。こうしていると、僅かだが、痛みが軽減される気がするから不思議だ。

「…っ……やっぱり…やだ……」

しかし、二本目の指が入ってくると、今度はもうそんな悠長なことは言っていられなくなる。

痛い、痛くてたまらない。

「…無理だ…大和…ッ…」

滅多なことでは弱音など吐かないが、流石にこれは痛みの種類が違う。大和の望む通りにしてやりたい気持ちはあるけれど、元から男同士で無理なのだ。

「大和…頼むから…」

その時、珠樹の目尻に溜まっていた涙が、ぶわっと流れてきた。痛みに泣き出すなんて、珠樹は自分でも情けない。

「泣くな…」

そうしたら、大和がとても困った顔で珠樹の髪を優しく撫でてきた。

「大和…」

涙の跡を、大和の弾力のある唇がゆるゆると這う。

「お前の泣き顔、可愛いんだ…もっと酷《ひど》いことをして、苛《いじ》めたくなるだろ…？」

大和がニッと笑った。が、その時、また大和は奥歯を噛み締めたようだった。

「お前…最低…っ」

「そんな顔するお前が悪い…」

珠樹を宥《なだ》めるように顔のあちこちに大和が優しいキスの雨を降らしてきて、珠樹の身体に入っていた余分な力が抜ける。その拍子に、内側で泳いでいた指が、すーと奥の方に入り込んできた。

珠樹はハッとして顔を上げる。大和の指が奥の媚肉《びにく》に触れて、そこを広げるように突いてきた。

瞬間、前触れもなく珠樹の身体がぴくんと跳ねる。

「ここ、か？」

大和が小さく笑った。

「あ…何？　今の…」

珠樹は戸惑った。今、そこに不可思議な衝撃を受けた。ずしっと身体に響くような…これも快感なのだろうか…。

「珠樹…」

その時、タイミングよく顔を上げた大和と目が合う。再会してから、大和が珠樹の名前を呼んだのは他にもあるが、今みたいに蕩けそうな甘い声で呼ばれたのは初めてのような気がする。熱い靄《もや》に覆われた目でははっきりと見えなかったが、大和が自分の名前を呼んでくれたのが嬉しくて、珠樹は涙と汗でぐちゃぐちゃになった顔で懸命に微笑んだ。

そんな珠樹を、大和は何かとても眩《まぶ》しいものでも見るように目を細めて見ている。

「お前は時々俺を驚かせてくれるな」

目の前で、大和が優しく笑った。胸がきゅっと締めつけられるように痛み、珠樹はたまらなくなって、自分から大和にキスした。

「俺の我慢もそろそろ限界だ…いいな？」

キスの後で、大和が照れくさそうに言う。

「いい…よ…」

大和の視線を正面から受け止め、珠樹ははっきりと頷いた。人工的とはいえ、ほぐされたそこがしっとりと綻んで、もっと太くて大きいものを受け入れる準備を始めている。

腰に当たる大和のものは、それこそ溶鉱炉の中のように熱く燃え滾《たぎ》っていた。

珠樹を抱き締め、大和が侵入の体勢に入る。

「なるべく力を抜いて、俺にしがみついていろ…」

こくこくと首を縦に振る珠樹は、力いっぱい大和に抱きついた。

「いくぞ…」

大和が珠樹を気遣い、慎重に腰を進めてくれたことは珠樹にもよく分かった。だが、初めて男を受け入れるそこは先端を含んだだけできしみ、悲鳴を上げる。

どんなに指で慣らして濡らしても、指とは比べものにならない逞しい男の侵入に耐えうるだけのスペースが元からそこにはない。

だが、今度は珠樹も弱音を吐かなかった。今は痛みや恐い気持ちよりも、大和を受け入れたい気持ちが強かった。

「辛い…か…？」

自分のものを強引に捻《ねじ》り込む大和の方にも苦痛はあるだろう。人に弱みを見せるのを嫌う大和は、決して珠樹のように弱音を吐いたりしないが。そういえば、時折奥歯を噛み締めていたのは込み上げてくる衝動を紛らわそうとしていたせいかもしれない。

「平気…だ……」

だから、ここは珠樹も強がった。本当は息をするのもやっとの状態で、今にも泣き叫びたいぐらい苦しかったけれど。

「無理するな…」

また大和が奥歯を嚙み締める仕草をする。

「…無理じゃないッ」

まるで自分が我慢の利かない子供のような言い方をされ、珠樹はムッとした。自分だって、これぐらいの痛みは耐えられる。

「馬鹿が…」

言葉とは裏腹に、珠樹の髪を撫でる大和の手は優しかった。今夜の大和はやはりいつもより優しい。もちろん意地悪なこともさんざんされたけれど。

珠樹の腰を引き寄せ、大和が更なる侵入をはかる。ここはぐずぐずする方が珠樹の負担が大きいことを大和も分かっているようだ。

「ふぅ…んっ……」

一番太い部分が抜けると、幾分か呼吸がしやすくなった。大和がしきりに手を動かして、珠樹の肌をあちこちまさぐってくる。それは確かに珠樹の気を紛らわせてはくれたが、珠樹の弱いところばかり執拗《しつよう》に攻めるのは止めてほしい。

「…あぅ…あっ…あぁ…！　あ、んん…っ」

はばからぬ喘ぎを上げた珠樹の腰を捕まえていた手を離して、大和がまだ痛みに戦《おのの》く珠樹の身体を包むように抱き締めた。苦痛に歪んでいた珠樹の唇が何か言いたげに動く。

「…何だ？」

言いたいことはたくさんある筈なのに、残念ながら言葉になっては出てこなかった。

そこの圧迫が緩み始めたのを感じて、大和が思いきって接点に体重を乗せ、一気に奥まで突き込んでくる。熱い重量感に、珠樹の瞳の両端に稲妻が走った。

「動くぞ…」

「あ…そんな……」

結合した部分から猛烈に這い上がってくる何かがあった。痛みよりも熱さが勝ってしまう。

羞恥よりも悦びが勝ち、過ぎた快感に、ぽろぽろと涙が零れてきた。

「いい、のか？」

大和の声も上擦っている。珠樹の中の肉がうねって、大和の男を強烈に締め上げた。

「大和……ッ」

珠樹はしゃくり上げた。大和が猛烈な勢いで、珠樹のそこを突き上げてくる。ぐっと深くまで突いたかと思えば、素早く引いて入口付近を煽った。さっきから尖りっぱなしの胸の突起を、大きな掌で乱暴に転がされ、珠樹の腰がぶるっと震える。

「…あっ…くぅ…っ……あ、んん…ッ」

鼓動が重なり、肌が溶け合う。どちらのものとも知れない汗が飛んだ。激しく鳴っている心臓の音が自分のものなのか、大和のものなのか、もう珠樹には判断がつかない。

「お前…」

荒い息で、今度は大和が何かを言いかけて止めた。

腹と腹の間で擦られていた珠樹のものに手を伸ばして、そこからも刺激を送ってくる。

「…何、だよ…？」

言い籠もる大和というのも、珠樹は初めて見た。

「…何でもない……ッ」

その時、大和の熱い男が珠樹の最奥《さいおう》を貫くかの如《ごと》く刺した。熱くて、熱くて、珠樹はこのままどうにかなってしまいそうだった。内側からの熱の塊に溶かされる。

「…っあ……大和…大和……っ…大和……ッ」

揺さぶられるまま、珠樹は大和の名前を呼び続けた。助けを求めるように伸ばした手は、大和が捕まえてくれた。指と指を絡め、固く握り締める。

口付けてくる大和に、珠樹も積極的に舌を絡め返した。混じり合う唾液《だえき》は蜜よりも甘い。

そして、何もかもが恍惚《こうこつ》で真っ白になっていく。

「珠樹……ッ」

意識を手放す最後の瞬間、珠樹が見たのは滅多に見られない大和の最上級の笑顔だった。

こんな自分でも、少しは大和の役に立ったのだろうか…。

だったら、とても嬉しいけれど。

4

珠樹は大和と関係を持った自分に半ば驚き、半ば当然のことのように受け入れていた。

あの時はそうすることが自然に思えた。あの時の大和は傷ついた子供のような目をしていた。

その後も、何度かベッドを共にした。自分を求めてくる大和の真意はかりかねたが、珠樹にその手を振り払うことはできなかった。珠樹の身体は与えられる愛撫にどんどん馴染んでいき、大和と過ごす淫らな時間は、不思議な安堵《あんど》感を珠樹に与えてくれる。

しかし、あくまで自分たちは作家と担当の関係で、大和が担当としての仕事を超えた無理難題を吹っかけてくることに変わりはなかった。


「取材旅行？」

ある日、いつもながらの遅い朝食を取りながら大和が言ったことに、珠樹は思わず聞き返していた。

「ああ」

今朝のメニューは豆腐の味噌汁に炊き立てのご飯、だし巻き玉子とのりと梅干だった。さっきまで、大和はだし巻き玉子の味が薄いとさんざん文句を言っていた。

「いつから？」

「明日」

随分と急なことだった。一応、担当である自分にはもっと早くに言ってほしかった。

取材旅行に行くということは当分留守になるのだろう。その間、本来の仕事に戻れると思う反面、どこか寂しい気持ちが湧いてくる。

(何を考えてるんだ、俺は…せいせいするに決まってるだろ…)

慌てて首を振り、珠樹は湧いてきた気持ちを振り払った。

「それで、どこに行くんだ？」

気を取り直して、珠樹は訊いた。担当として、行き先は聞いておかなければならない。

「九州《きゅうしゅう》を適当に回ろうと思っている。今度の話の舞台はその辺りを考えているからな」

大和は味噌汁を啜《すす》っている。文句を言わないところを見ると、味噌汁は気に入ってくれたらしい。

「へぇ…」

担当としてだけではなく、せつな海里のファンとしても、珠樹は次回作を楽しみにしている。

「九州か…この時期はちょっと暑いけど、いいかもな」

福岡《ふくおか》とか長崎《ながさき》とか、一度は行ってみたい町の一つだ。

「はぁ…何を人事《ひとごと》みたいなことを言っているんだ？　お前も一緒に行くに決まってるだろ」

「へ？」

思わず頓狂な声を上げてしまったのも無理はない。そんなこと今の今まで聞いていなかった。

「お前は俺の担当だろ？　…分かったら、さっさと切符を取ってこい。とりあえず泊まるのも一日目は福岡でいい」

「…………」

売れっ子作家の取材旅行の手配の一切を、出版社が受け持つことは珍しくない。だが、今日言って明日などと言い出すのは大和ぐらいのものだろう。

大きな溜め息をついて、ようやく珠樹は椅子《いす》から立ち上がった。

「ああ、飛行機じゃなくて新幹線だぞ。出発は昼過ぎぐらいだな」

そういえば、昔から大和は飛行機嫌いだった。高校の修学旅行は北海道《ほっかいどう》だったのだが、飛行機に乗るのが嫌で、大和がずる休みしたことを知っているのは珠樹だけだ。

「はい、はい」

いつも利用している旅行社に電話すれば何とかなるだろう。それでも今日言って明日なので、切符の受け取りには出向かなければならない。

とりあえず編集長の金本に電話を入れて、取材旅行の了承を得る。珠樹の同行についても二つ返事でＯＫだった。

作家の取材旅行に担当が同行することもないではないが、自分たちの特殊な関係を考えると素直には頷けない珠樹だった。


次の日は、大和とは東京駅《とうきょう》で待ち合わせした。

迎えに来いと大和は言ったが、珠樹にも色々と片付けておかなければいけない用事があった。出版社に顔を出し、旅行社に寄って切符を受け取ってから駅に向かったので、珠樹が駅に到着したのは、新幹線の発車時刻の数分前だった。

「遅い」

「…………」

文句を飲み込んで、ともかくホームに急ぐ。

すでにホームに入っている新幹線に飛び乗り、座席に着いてホッと一息ついた。

「腹が減ってるんだが」

動き出した新幹線の窓から流れ行く景色を見ながら、大和が言う。この男は、珠樹が用意してやらなければ朝食の一つも食べないのだろうか。

「弁当でも買うか？」

「…ああ」

仕方なく珠樹はようやく落ち着いた座席から腰を上げた。車内販売のワゴンが回ってくるまで待っていたら、大和の機嫌が悪くなる一方だ。

グリーン車を出て、デッキに入る。まだ車内販売の準備中のワゴンから、幕の内弁当とサンドイッチ弁当を一つずつ買った。他にはお茶とコーヒーも。領収証をもらって、席に戻る。

「どっちにする？」

買ってきた弁当を大和の前に差し出して、好きな方を選んでもらう。

「…サンドイッチ」

大和の前のテーブルを下ろして、大和の希望通りのサンドイッチ弁当とコーヒーを、その上に置く。

「博多《はかた》までは五時間以上かかるのか。新幹線でも遠いな」

車内放送の到着時刻を聞いて、珠樹はつい腕時計の針を見た。飛行機なら二時間ぐらいで着く。

「…………」

すると、あからさまに大和の眉が寄せられた。

「あ、別に…お前を責めてる訳じゃないけど」

珠樹が慌てて言うが、言い訳じみていた。実際半分は責めていたから。

「うん、誰にでも苦手なものの一つや二つあるしな」

「…………」

珍しく言い返さない大和に、ついつい調子に乗ってしまった。

「それにしても、なんでお前、飛行機苦手なんだ？」

ぴきっ、と大和のこめかみに青筋が立った。

「俺は好きだけどな。見るのも乗るのも」

「…あんな鉄の固まりが飛ぶなんて、どう考えてもおかしい」

ぽつん、とようやく大和が答えた。

「え…」

「鉄の固まりだぞ。落ちたら、どうするんだ」

大和は本気でそのことを心配しているようだった。

「もしかして恐いのか？　飛行機が」

大和にも可愛いところがあるのだと、珠樹は知った。

「………」

「へぇ、飛行機が恐いなんて、お前にも可愛いところがあるんだな」

からかうような口調で言う珠樹は、きっぱり調子に乗りすぎていた。

この後、大和に報復措置に出られることも知らずに、上機嫌で幕の内弁当に箸《はし》をつけたのだ。

昼間の時間が長いこの時期でも、ホテルに到着する頃にはすっかり日が暮れていた。

とりあえずあちこち回るのは明日からにして、今日のところはホテルに直行する。

チェックインしたホテルの客室からは、福岡の夜景が一望できた。ベイエリアにある福岡タワーと観覧車が見えている。福岡タワーは海浜タワーとしては、日本一の高さを誇っていた。実は高いところが好きな珠樹は行ってみたい気になったが、あくまで今回は取材旅行の付き添いである。

「ふん、急いで取った割にはまぁまぁのホテルだな」

大きな窓から外を眺めて、大和が満足そうに呟く。広々とした室内のインテリアの趣味も悪くない。

「…………」

苦労したのは旅行社の担当だろう。取材から帰ったら、改めて礼を言いに行こう。

「明日からの予定だけど、どこら辺を回りたいんだ？」

とりあえず珠樹は明日からの予定を確認した。

「とりあえず福岡周辺だな。それから佐賀《さが》の方に行って、長崎も回りたい」

「…分かった」

地図とガイドブックは買っておいたから、後で簡単にコースを決めよう。

「じゃあ、俺、隣の部屋だから」

珠樹は大和の部屋を退出しようとした。食事はホテルに入る前に済ませていたから、今日のところは他に何もすることはない。

「二部屋取ったのか？」

「ああ…うん」

珠樹は何も言わなかったが、旅行社の担当が気を利かして二部屋取ってくれた。作家の取材旅行に担当が同行すると言えば、大抵は二部屋取るだろう。

「…そうか、ならまた明日だな」

珠樹が部屋を出ようとするのを、大和はあっさりと見送った。大和のことだから、また何か因縁でもつけてくるかと思ったが、そういうこともない。

「あ、何か用事があれば…」

「別にない。今日は疲れたからな、さっさと寝るさ」

それは、珠樹が拍子抜けする程にあっさりとしていた。

「そっか…」

「おやすみ」

大和がくるりと珠樹に背を向ける。

ドアノブを回して、珠樹は部屋の外に出た。

隣の部屋に入っても、珠樹はどことなく落ち着かない。別に用事を言いつけてほしかった訳ではないけれど、いつもの大和なら絶対に何か言ってくる筈なのに。

仕方なく、珠樹は一人でガイドブックを捲《めく》ったが、どうにも違和感を拭《ぬぐ》いきれなかった。


次の日は、福岡周辺を巡ることになった。ホテルはそのまま連泊することになる。

昨夜は早く眠ったおかげか、大和も早起きだった。しかも、機嫌がいい。低血圧なのに珍しいことだと思っていると、朝食の席で大和が言った。

「楽しいことを思いついたからな」

珠樹は何となく嫌な予感がしたが、恐くて聞けなかった。

大和がまず福岡タワーに昇りたいというので、ベイエリアに移動する。

福岡タワーは高さ二三四メートルだが、一二三メートルのところに展望室があった。八千枚のハーフミラーを使った外観はシャープで、イルミネーションが点灯すれば、さぞ圧巻だろう。

珠樹は福岡タワーに昇りたいと思っていたので、得した気分だが、大和も高いところが好きだっただろうか…。あまりそういう覚えはないが。

「へぇ、凄い…良い眺めだな。なぁ、大和？」

展望室に入っても、はしゃいでいるのは珠樹だけで、大和はどちらかといえば退屈そうにしている。取材している気配もない。

珠樹が展望室からの眺めを充分に堪能《たんのう》した頃を見計らって、声を掛けてくる。

「じゃあ、次行くぞ」

「あ、ああ…」

珠樹は首を捻った。これでは、まるで珠樹の為にタワーに昇ったようなものだ。まさかな…と思う。

タワーを降りると、ちょうど昼時になっていた。

せっかく福岡に来たのだから、名物のとんこつラーメンを食べることにした。

大和が福岡に来たら必ず立ち寄るラーメン屋があると言うので、その店に向かう。

人気の店らしく、昼時の今は店の前に行列ができていた。

あまり広くはない店内だが、客の回転が早く、思ったより早く店に入ることができた。

ラーメンに一口餃子《ギョーザ》が付いているセットを頼む。

「福岡はよく来るのか？」

注文した品が運ばれてくるのを待つ間、珠樹は大和に訊いた。

「四度目かな」

「へぇ、俺は初めてだ」

運ばれてきたラーメンを啜りながら、話を続ける。濃厚なスープが細い平打ち麺《めん》に合っている。

「それで、どうなんだ？　福岡の街は、お前のイメージに合いそうか？」

午前中はまだタワーに昇っただけだから、結論を出すのも早すぎるとは思うが、何となく気が急いてしまう。

「そうだな。福岡も良い街だが、俺が考えているイメージとは微妙に違うな。俺が、考えるのはもっと…」

ふと考える顔になって、大和の手が止まる。

せつな海里の小説は毎回一つの街が物語の舞台として出てくる。まずはそのイメージを固めることが先決だった。

「まぁ、まだ一日目だしな」

「ああ、じっくり探すとするさ」

満腹になったところで、昼からは糸島《いとしま》半島に移動した。田園風景が広がり、マリンブルーの海が美しいエリアだ。様々な工房が点在している。

若きアーティストたちが多く活動しているこの地は、大和の創作意欲を駆り立てたようだ。

タワーの時とは違って、積極的に話を聞いたり、写真を撮ったりしている。

中でも大和が興味を持ったのはろうそくを作っている工房だった。

ほの暗い工房に、ろうそくの炎が揺らぐ様は幻想的でさえあった。

他にはせっけんの工房や唐津《からつ》焼《やき》の窯《かま》なども回って、福岡の中心部に戻ってきたのはもうかなり遅い時間だった。

まだ夕食を取っていなかったので、ホテルに入る前に、どこかで済ませることになった。

「せっかくだから、屋台に行かないか？」

大和が提案してくる。

「いいけど」

福岡には二百軒を超える屋台があって、料理のバリエーションも豊富だと聞く。

しかし、いざ天神《てんじん》に出掛け、居並ぶ屋台の提灯《ちょうちん》を前にすると、迷いまくってしまう。ラーメンに、おでんに串《くし》ものの定番から、天ぷらにちゃんこ鍋、フレンチやカクテルの店まである。こんなこと東京ではありえない。

昼に名物のラーメンを食べていたので、夜はワインが飲めるビストロ屋台を選んだ。牛ホホ肉の赤ワイン煮込みが屋台で食べられるとは思ってもみなかった。

辛子明太子《からしめんたいこ》の天ぷらを出す店も気になったが、それは今度のお楽しみに取っておこう。

食事を済ませると、早々にホテルに戻った。

「明日はどうする？」

それぞれの部屋に入る前に、珠樹は大和に明日の予定を確認した。

「明日は佐賀の方に移動したい。まず唐津、それから伊万里《いまり》、嬉野《うれしの》辺りだな」

「分かった」

ならば、明日は博多駅から特急に乗って…と、珠樹が頭の中で簡単な予定を立てる。

「じゃあな、おやすみ」

「あ、うん」

今夜も、大和は用事の一つを言いつけることもなく、あっさりと部屋に入った。

一方、珠樹はどうにももやもやする気持ちを抑えきれなかった。


次の日は、唐津まで特急列車で移動した。

唐津駅周辺の街並みを散策する。ここら辺りは秋の「唐津くんち」の祭りの時期は賑《にぎ》やからしいが、今は静かなものだった。

だが、この静けさが大和は気に入ったようだった。

珠樹は大和が歩いていくのに黙って付き合う。時折何かを考えるようにしているのは作品のイメージを膨らませているのかもしれない。だったら、余計に何も口を出さない方がいい。

せつな海里が作り上げる世界を邪魔したくはない。それどころか、自分は新しい世界の誕生を待ち兼ねているのだから。

だが、そろそろ昼を過ぎた頃になって、先に腹が口を出した。

ぐー、と珠樹の腹が派手に鳴いたことで、前を歩く大和の足がゆっくりと止まる。

「わ、悪い」

振り返って自分の方を見た大和に、珠樹は慌てて謝った。確かに腹は減ってきたが、何もこんなに大きな音で鳴かなくてもいいだろう。

「いや…そういえば、もう一時に近いか」

大和が腕時計の針を見て言う。

「メシ、食うか？」

「ああ、うん…いや、お前がもう少し見て回りたいなら、俺は別に」

今回の旅行では、珠樹はあくまでおまけだ。何より大和の意思を尊重したい。

「別に、構わない。…こっちこそ、悪かった。取材中は、時間の感覚がなくなるんだ。気に入った街をぼんやりと歩いて、気付いたら日が暮れていることもよくある」

まず大和が謝ったことに、珠樹は驚いた。もしかしたら、明日は雨だろうか…。

「何をそんなに驚いた顔をしてるんだ？」

「いや、だって、お前が謝るなんて…」

珠樹が正直に言うと、おもむろに大和の顔が渋くなった。

「誰かさんの腹の虫が随分と大きな音で鳴いたからな」

「そ、それは…」

珠樹は顔を赤く染めた。

「いいから、行くぞ」

大和に促され、珠樹はその後から慌ててついていった。


昼食は唐津くんちの名物料理だというアラの煮付け定食を食べた。

食事を終え、大和が付近の散策を続ける。

唐津神社や神社横にある曳山展示場《ひきやまてんじじょう》も覗いた。

「どうする？　今日はここら辺りで、泊まるか？」

駅に戻りながら、珠樹は訊いた。福岡のホテルはチェックアウトしたが、今日はどの辺りまで行くか分からなかったから、ホテルの手配はしなかった。近隣で幾つか目ぼしい候補はチェックしたが。

「そうだな…できれば、今夜はホテルじゃなくて、布団で寝られる和風の宿がいいな。できればこぢんまりとしている方がいい」

「…分かった」

大和が細かい注文をつけてくることには慣れている。とはいえ、こぢんまりとした和風の宿まではチェックしていなかったので、駅前にある観光案内所で調べてもらうことにした。

「なら、俺はもう少しこの近くをぶらぶらしてくる。宿が決まったら、教えろ」

ぱたぱたと後ろ手に手を振って、大和の背中が夕暮れの迫った街の中に消えていく。

どうやらこの辺りの街並みを大和は気に入ったようだった。頭の中にあるイメージと重なったのだろうか…。

ならば、ここからそう遠くない場所に宿は取った方がいいだろう。

珠樹があれこれと注文をつけるのにも、案内所の職員は手慣れた様子で応対してくれる。

職員が紹介してくれたのは、ここから二駅ほど先にある旅館だった。総部屋数が十というから、大和の希望通りこぢんまりとした宿だ。

珠樹は礼を言って、案内所を出た。

さて、大和はどこまで行ったのだろう…。駅前といっても、賑やかな都会とは違う。

珠樹は少し行った先にある土産物屋の軒先で、店の主人と話をしている大和を見つけた。

すぐに声を掛けようと思ったが、大和が何を話しているのか興味が湧いて、少し離れたところからしばらくその様子を眺めることにした。

大和は珠樹に背を向けている為、珠樹が近付いてきたことに気付いていない。

「では、この地に店を出して、七十年になるということですね」

柔らかな口調で店主に話しかけている大和から、普段の俺様ぶりは綺麗さっぱり抜けている。

「ああ、そうだ。開いたのはわしの父だったんだが。まだ戦前の頃だ。この辺りは昔から少しも変わらない。昔はもっと賑やかだったがな…と愚痴の一つを零すこともない。ここは、昔からずっとこんな感じだ。面白みのない話しか聞かせてやれなくて悪いが」

店主は六十ぐらいの男で、雑巾《ぞうきん》を持っているところを見ると軒先の掃除をしているらしい。

「いいえ。人も物も変わっていくのが普通の世の中で、変わらないものがあるというのはとても素敵なことだと思います」

「ほぉ、お前さん、若いのに、なかなか分かっているじゃないか」

何やら話が弾んでいるように見える。

珠樹はもう少し二人の話を聞いていたかったが、大和が珠樹がやってきたことに気付いた。

「宿、取れたのか」

がらりと変わった口調で、大和が珠樹に訊く。

「ああ」

「そうか…」

今まで話を聞いていた店主に丁重に礼を言い、大和が珠樹の元に歩いてくる。

「いいのか？」

「ああ、必要なことはもう訊いた」

駅前に一台だけ待っていたタクシーに乗り込み、宿に向かう。

「この街はイメージに合いそうか？」

気になって、珠樹は訊いた。

「そうだな…まだ分からないが、悪くはない」

話しているうちに、タクシーが宿に到着する。

小さくて古い建物だが、みすぼらしい感じはなくて、歴史を感じさせる良い宿だ。

それは大和も同じ意見らしく、満更でもない顔をしている。

仲居に、部屋まで案内してもらう。

部屋はそう広くはないが、レトロな雰囲気で、なかなか良い。年代物の柱時計はアンティークの価値が充分にありそうだ。

部屋に風呂は付いていないが、一階に大浴場があるという。

仲居が淹れてくれたお茶を飲んで一服する。大和は何やら手帳にペンを走らせている。何かイメージが湧いたのだろうか…。

ワクワクしたものを感じて、珠樹がそんな大和をじっと見ていると、珠樹の視線に気付いた大和がふと顔を上げた。

「何だ？　ニヤニヤして…気色悪い」

随分な言われように、珠樹はがっくりと肩を落とした。

「気色悪いって、あのな…」

一応、担当として、次回作の構想が湧いたのなら有り難いことでもあるし、やはりファンとしては嬉しい。

「俺はお前の担当であると同時に、せつな海里の大ファンでもあるからな」

大のところを強調して、珠樹が言うと、なぜか大和がぽかんとした顔で珠樹を見る。

「何だよ？」

「そいつは初耳だ」

素っ気なく言って、大和が畳の上にごろんと横になる。

「ええッ」

自分がせつな海里のファンであることを、今まで大和に言ったことはなかっただろうか…。

「そうだっけ？　最初に言った気がするけど」

考えてみるが、言われてみると、確かに面と向かって伝えたことはなかったかもしれない。

「あれ？」

「今更どうでもいいことを真剣に考えるな」

大和が寝返りを打ち、珠樹に背を向ける。

「どうでもいいことって…」

反論しようとした珠樹の目が、大和の耳に吸い寄せられる。両方の耳とも、何だか少し赤く染まっている気がする。

「もしかして、照れてる？」

まさかとは思うが、自分がファンだと言ったことで、大和は照れているのだろうか…。

「……………」

「…………」

「…風呂、入ってくる。着替え、よこせ」

むくっと立ち上がった大和の顔はこれ以上ないぐらい不機嫌だったが、やはり耳だけは赤く染まっていた。

「はいはい」

珠樹はバッグの中から取り出した着替えを、大和に手渡してやった。

無言で受け取り、大和が部屋を出ていく。

部屋のドアが閉められた瞬間、珠樹は堪えきれなくて声を上げて笑ってしまった。

温泉でなかったのが少し残念だが、岩風呂はなかなか情緒があって、気持ち良かった。

料理も手作り豆腐が楽しめる豆乳鍋が美味《おい》しかった。

並んで敷かれた布団の中に入り、目を閉じる。

隣では大和が横になっていた。

珠樹は隣の布団をちらりと窺った。人型にこんもりと盛り上がっているのは分かるが、暗闇《くらやみ》の中では、大和が眠っているのか眠っていないのかまでは判断がつかない。

横向けに寝ていた身体を、ころんと仰《あお》向《む》けにする。電灯の薄明かりを真上に見上げた。

今日はさんざん歩いたから、疲れている筈なのに、なぜか眠気は襲ってこない。

再び珠樹は隣で寝ている大和の方を向いた。

「どうした？　眠れないのか…」

隣から声が聞こえてくる。

「あ、うん…」

「そうか…」

大和もそれ以上は何も言わなかった。

しばらくして、隣から穏やかな寝息が聞こえてくる。随分と寝つきのいいことだ。いつもは夜型の生活をしているくせに。

布団に包まりながら、珠樹は大きな溜め息をついた。大和が眠ってしまったのなら、聞かれる心配もない。

(何か落ち着かない…)

布団の中で、ぎゅっと掌を握り締める。

初めて大和と肌を合わせたあの時から、すでに数回セックスした。いきなり押し倒されて驚いたこともあるし、最初の時と同じように何となくそういう雰囲気になってベッドに入ったこともある。だが、ここ数日は肌を合わせていなかった。

(ああ、もう…)

布団の中で、小さく舌打ちする。これでは、まるで自分は大和とセックスすることを望んでいるみたいではないか…。

別に嫌な訳ではないが、進んで肌を合わせたい訳ではない…と思う。

だが、大和が刻んだ淫らな熱が確実に珠樹の身体の中に巣くっている。

（これじゃ…俺、やりたいだけの欲求不満みたいじゃん）

大和との間に、甘い感情などは存在しないのだから。

自分たちは恋人同士などではなく、珠樹は大和の担当でファンで、それから単なる幼馴染みなだけ。それ以外には何もない。

それなのに、自分の隣で平然と眠る大和を見ていると、苦い気持ちが湧き上がってきた。

昨日、一昨日はそれぞれ別々の部屋に泊まったから、それほど気にならなかったけれど。

珠樹は一人悶々《もんもん》として、結局眠ったのは明け方近くになってからだった。


次の日は珠樹だけが寝不足だった。

大和は朝風呂に入り、食欲も旺盛《おうせい》で、すこぶる元気だった。

「今日は伊万里から嬉野を回るぞ」

精算を済ませた珠樹に、大和が言った。

「分かった」

取材旅行なのだから、もちろん大和の行きたいところへ珠樹もついていく。

だが、今日は何となく珠樹は大和からつい距離を開けるように接してしまう。

そんな珠樹に大和が気付いているかどうかは分からない。

白壁土蔵の建物が並んでいる伊万里の街は自然に恵まれていた。

ここでは窯元めぐりを少しだけして、早々に嬉野に移動することになった。

「陶芸は俺向きではないな」

嬉野に移動するタクシーの中で、ぽつんと大和が言う。

「確かにな」

珠樹は即座に頷いた。陶芸は気の短い人間には務まらない。

「おい、そう素直に頷かれると腹が立つ」

見ると、大和は思いっきり眉を顰《ひそ》めていた。

「そんなこと言われても…自分で言ったんだろ」

それはあまりに理不尽な言いがかりだった。

「お前に言われると人一倍腹が立つんだ」

「…………」

珠樹はもう何も言わないことにした。

次に行った嬉野は、茶畑の風景が広がっているのどかな街だった。

大和は精力的に街を回り、街の人からあれこれと話を聞いていた。

大和の正体を知る者は少ないから、もちろん街の人は大和がせつな海里であることは知らないが、誰もが快く話を聞かせてくれる。

東京だとこういう訳にはいかない。この辺りの街の素朴さが住んでいる人の心を和《なご》ませているのかもしれない。

中には、話を聞かせてくれた後で、お茶をご馳走《ちそう》してくれる老人までいた。

珠樹も大和と一緒に有り難くいただくことにした。

「…美味しい」

縁側に腰を下ろし、お茶を一口飲んだところで、思わず感嘆の言葉が珠樹の口をついて出る。

お世辞ではなく、本当に美味しいお茶だった。

「そういえば、この辺りはお茶の名産地でもありましたね」

大和に言われて、珠樹もそのことを思い出した。この辺りは温泉郷であると共に、名茶の生産地としても知られている。

しばらくお茶の話をして、それから唐突に老人の話が変わった。

「そういえば、さっきあんたは小説を書いていると言っておったが、どんな小説を書いておるんじゃ？　わしも本は好きで、よく読むぞ」

老人はそのことが気になったようだ。確かに小説を書く為にあれこれと街の話を聞かせてもらったのだから、気になるのも当然だろう。

「そうですね…一応ミステリーですね」

穏やかな口調の大和が答える。

「ほぉ、ミステリーか。わしもミステリーは好きだぞ。中でも、せつな海里のファンでな」

老人の口から突然せつな海里の名前が出て、流石の大和も咄嗟にポーカーフェイスは装えなかったようだ。

「ん？　せつな海里の名前ぐらい知っておるだろう」

老人は大和が複雑そうな顔をしたことを、もしかしたら知らないと思ったのかもしれない。

「ええ、まぁ」

「わしは新作が出ると必ず買って読んでいる。なんというか、描かれる街と登場人物がいいんだな」

いつの間にか、老人の話はせつな海里の賞賛へと移っていた。

褒められても、大和も珠樹も面と向かって礼を言う訳にはいかないから、心の中で言っておいた。だが、こんなところで、直接ファンの声を聞けるとは思わなかった。

最後は「あんたもせつな海里のような小説が書けるように頑張れよ」と励まされて、老人の家を出る。

外に出たところで、二人して苦笑いした。

「流石、老若男女を問わない人気だな。担当編集としては鼻が高い」

「お前が鼻を高くしなくてもいいんだ」

大和の長い指が、お世辞にも高いとは言えない珠樹の鼻を摘んで引っ張る。

「痛いって…」

伸びてきた大和の手に、どくんと胸の鼓動が大きな脈動を刻んだが、珠樹は懸命に知らないフリをした。

「うるさい、行くぞ」

「照れちゃって」

今度は拳骨《げんこつ》が落ちてきた。かなり痛かった。

明日から長崎を回る為、今日のうちに佐世保《させぼ》まで行って、駅前のシティホテルにチェックインする。

今日はシングル二つではなく、ツインを一つ取った。熱を持て余している珠樹としてはシングルの方がよかったが、なぜか今日はツインにしろと大和が言って聞かなかった。

デラックスツインの部屋に落ち着いて、ホッと一息つくが、窓から外を眺める大和の方へつい視線が向いてしまう。

大和が珠樹の視線に気付くと、珠樹は慌てて逸らせた。

「明日は朝早く出発するから、今夜は早めに寝ろよ」

大和が言う。

「分かった」

旅行に出てから、随分と健康的な生活になっていた。

夕食は外で取っていたので、後は風呂に入って眠るだけだ。

「お前、風呂は？」

荷物の整理をしながら、珠樹は訊いた。

「俺は後でいい。お前が先に入れ」

「じゃあ、そうさせてもらう」

珠樹も早く風呂に入って、さっぱりしたかった。

バスルームに入り、先に浴槽に湯を溜める。

ホテルに備え付けのバスは大抵トイレと一緒になっていて、浴槽も狭くて足を広げることもできないものが多いが、流石はデラックスルームだけある。トイレは別になっていて、浴槽も洗い場も男二人でも充分に入れるぐらいの広さがあった。

（べ、別に…だからって、大和と一緒に入りたいとかって言ってる訳じゃないけど…）

誰に言い訳しているのか、珠樹は自分の頭に浮かんだ不埒《ふらち》な考えを慌てて一掃した。

湯を溜めている間に、シャワーを浴びることにする。もやもやする身体は冷たい水でも浴びれば、すっきりするかもしれない。

シャワーのダイヤルを冷たい水に合わせた。コックを捻り、強めのシャワーを出して、全身に浴びる。何かが燻《くす》ぶっている身体には、冷たい水が心地好い。

手に持っている蛇口を上に上げ、喉や肩、腋《わき》の下にもシャワーを掛ける。

気持ち良くて、珠樹は少し背を反らせて伸びをした。が、それがいけなかった。

その時、弾みで鏡に映った自分の裸を真面《まとも》に目に入れてしまった。かなり薄くなってはいたが、まだ肌の所々に数日前に大和が付けた痕《あと》が残っている。

珠樹はうっすらと残っている痕の一つに指を沿わせ、なぞった。

途端に、びりっとした電流のようなものが流れ、珠樹の中に刻まれた濃厚な愛撫が甦《よみがえ》ってくる。

大和の唇が珠樹の全身をくまなく這い巡り、その舌が際どい部分まで伸びてくる。巧みな指先が、しこる胸の突起を摘んで、軽やかに揉み立てる。

「ん…っ」

知らず珠樹の口から熱い声が漏れた。自然にシャワーの蛇口を握っている手が下りて、股間《こかん》に向かう。気付いたら珠樹は大きく足を開いて、全開しているシャワーを中心に当てていた。空いている方の手が自らの胸をまさぐり、指先がぷくんと勃《た》ち上がった突起の先を弾く。

「…あぁん…っ…」

駄目だと思う心とは裏腹に、珠樹の手はどんどん止まらなくなっていた。シャワーの蛇口を上下させ、股間のものを刺激する。浴槽から立ち上る湯気に、頭がボーッとしてくる。これが大和の手なら、もっと気持ちいいだろう。

いつしか珠樹はシャワーの蛇口を放り出し、タイルの壁に凭《もた》れて、自らの手を股間に持っていき、自身を慰めていた。大和がしてくれるみたいに、胸を弄りながら、自身を扱《しご》く手の動きを速める。

「…ふっ……」

短い溜め息をついた瞬間、ぞくぞくとしたものが足元から這い上がってきた。だが、熱いものが溢れてくる感じはするのに、珠樹のものはまだ欲望を放出できないでいる。

まさか珠樹の身体は、男としての刺激だけでは達けなくなってしまったのだろうか…。

その時、がらっと浴室のドアが開く音がしたが、熱い波の間に間を漂っていた珠樹はすぐには誰かが入ってきたことに気付かなかった。湯気で視界が曇っていたせいもある。

「あ……」

しばらくして、目の前に服を着たままの大和が立っているのを見つけ、火照った珠樹の身体が一気に冷えた。

「やっ……」

自分の手が未《いま》だ股間にあるのを知り、珠樹は全身を真っ赤に染めた。自分で慰めている姿を大和に見られてしまうなんて、穴があったら入りたい。

くるっと身体の向きを変え、慌てて珠樹は大和に背を向けた。

「もう少し我慢できなかったのか…？」

それは、珠樹を咎《とが》めているようにも聞こえる大和の口調だった。ますます居たたまれなくなって、珠樹は自らの手で自分の身体を抱き締め、縮こまる。

「だって…」

俯《うつむ》く珠樹の声は小さい。

「言い訳はなしだ。…まぁ、いい。そろそろ俺も限界だったからな…」

珠樹はハッとして顔を上げ、大和の方を振り返った。目の前にいる男の目が色めき立ち、その長くて赤い舌の先が唇を舐める。

「何、を……？」

大和が改めて珠樹の前に立つ。珠樹は、その大和の熱い目にたじろいで、一歩後ずさってしまった。足を閉じても、股間にあるものの猛《たけ》りは隠せない。

「ここに座れ……してやるから…」

大和はさっきから流れ出る一方のシャワーの水を止めると、足取りの覚束《おぼつか》ない珠樹を浴槽の縁に座らせた。そして、自分はタイルの上に膝《ひざ》をついて、しゃがみ込み、珠樹の股間に躊躇うことなく顔を埋める。

「…あ…っ」

羞恥のあまり、一瞬珠樹の腰が逃げるが、大和の口腔内に含まれる悦びには勝てなかった。大和はのっけから珠樹のものを深く飲み込み、袋の部分までを一気に攻めてきた。ここまで勃起《ぼっき》してしまっては、焦れったい攻めは珠樹を苦しませるだけだということを大和も分かっているのだ。

珠樹が気持ち良さそうに息を吐いて、大和の髪に指を差し込み、ゆっくりと掻き回す。

「…ん……もっと……」

上擦った声を漏らしながら、珠樹は大和の顔を自分の腰に押しつけるようにした。大和は押しつけられるままに、喉の奥まで飲み込んだ珠樹のものを素早く動かして、頭を上下させる。

「あっ…！　あ……そこ……そこ…ッ……」

珠樹の声は浴室内によく響いた。湯気で湿った空気は一段と声を反響させる。

大和が唇で挟んで擦って、舌で押して舐めてくる。先端から溢れる蜜を、ずるずると啜り上げられた。大和の口腔内いっぱいに膨れ上がった珠樹自身の最も敏感な頭の裏側の部分を舌先がくすぐってくる。

「…あ…っ…いい…ッ…」

大きく仰け反って、とうとう珠樹は達した。そのはしたない声に合わせるように、どっと大量の粘液が吐き出される。それを、大和は息の続く限り吸い込んだ。と、次の瞬間、珠樹の身体が大きくバランスを崩し、続けて、ばしゃんと大きな水音を立てる。

「…おい？」

大和が驚いて立ち上がる。珠樹はうっかり自分が腰を下ろしている場所が浴槽の縁だということを忘れていた。浴槽は広く、頭を打つ危険がなかったのは不幸中の幸いだ。湯がいっぱいに溜まった浴槽の中で尻餅《しりもち》をつき、もがいている珠樹の姿は、ユーモラスな光景だったのだろう。珍しく声を立てて、大和が笑っている。

「馬鹿…笑ってないで助けろよ…」

欲望を放出した直後で、珠樹は腰に全く力が入らず、自力では立ち上がれない。

「いい格好だな…」

まだ笑いながら、大和が手を伸ばしてくる。珠樹はムッとして、口を尖らせた。こうなったのも半分ぐらいは大和のせいなのに。大和の口の中が、とても気持ちいいから…。

「う、うるさい…」

珠樹が大和の手に捕まって、体勢を立て直す。と、この時、珠樹は仕返しするのに、いい方法を思いついた。自分だけが笑われるのも癪《しゃく》である。

「ほら、しっかり捕まっていろ」

大和が腕に力を入れ、珠樹を引っ張り起こそうとするが、この時まさか大和は珠樹が仕返しに出るとは夢にも思っていなかったに違いない。

「お前…ッ」

珠樹が何をしたかというと、引っ張り上げられるのに身体を任すフリで、不意に引っ張り返したから、大和の方はたまったものではなかった。そう強い力ではなかったが、もとより浴室のような決して足場がいいとは言えない場所での予期せぬ力は思った以上に効果を発揮する。

当然、バランスを崩した大和は服を着たまま、浴槽に飛び込む羽目になった。この場合も浴槽が広くて助かった。

「…いい度胸だな、お前」

濡れた髪をぶるっと振って、大和が珠樹を睨んでくる。ふん、と鼻を鳴らし、珠樹は得意げに顔を上げた。ザマァミロ、これで少しはすっきりした。

「…って…ちょ…大和……何を……」

しかし何を思ったか、大和は一旦立ち上がり、湯を含んで重くなった服をさっさと脱ぎ捨てると、今度は自分の意志で再び浴槽の中に入ってきた。もちろん大和にゆっくり湯に浸《つ》かるつもりなどは毛頭ない。

「せっかくだ…もう少し楽しませてもらおうか…」

大和が珠樹の腰を抱いて、後ろ向きで自分の膝の上に抱える。慌てる珠樹を余所に、強引に自分の方を向かせて、ニヤリと笑って見せた。

「な、何…?」

大和が珠樹の尻の下に潜り込ませた手を巧みに蠢《うごめ》かせてくる。そこを探られ、びくんと珠樹は背中を撓らせた。

「今更ほぐす必要もないようだな…」

大和が含み笑いを漏らす。ここが湯の中ということもあってか、珠樹のそこはすでに柔らかくほぐれていた。

「ちが……これは…湯の中…だか…ら……」

いやいやをするように首を振り、珠樹は大和の胸に顔を擦りつけた。珠樹だって、自分が今そうなっているのが熱い湯のせいだけではないことを分かっている。さっきから珠樹のそこは目の前の男を欲して、切ないぐらいに足掻《あが》いていた。

「ふん…それだけとは思えないがな…」

大和が楽しげに言って、珠樹の濡れた背中に啄むようなキスを繰り返す。その度、湯がぴちゃぴちゃ跳ねる音がした。

「ここも、だろう…?」

前に回った手が、敏感な突起を探している。珠樹は懸命に身をよじって逃れようとしたが、叶《かな》わなかった。

「あぅ…んっ…」

摘んで丸められた突起は、大和の指の中で、こりっと硬くなった。

「数日ぶりだと、お前の声は一段と強烈だな…もっと鳴いてみせろ…もっと可愛い声で、俺が欲しいとねだってみろ…」

大和が湯面に沿って見え隠れしている肩のラインに唇を這わせ、素早く左右に往復する。摘んだ突起を離さない指が、同時にくりくり弄ってきた。珠樹の甘ったるい声が浴室の中に反響して籠もる。

「や、大和…も…もう……」

珠樹が舌っ足らずな声でねだると、案外と早く珠樹の願いは叶えてもらえそうだった。今夜の大和の徹底的な意地の悪さからすると、もっと焦らされるかと思ったが。

大和が珠樹の腰を少し浮かせて、改めて自分のものの上に導く。上を向いた大和のものは、すでに限界を超えた大きさと硬度を兼ね備えていた。大和もこんなになっていたのだと知って、珠樹はびっくりしたが、大和が珠樹を焦らさない理由に納得もいった。大和にも、もうそれだけの余裕がないのだ。

「…っ……う、ん…」

先端が少し入ったところで、いつもとは違う微妙な感覚に、珠樹はもじもじと腰をくねらせた。

「…なん…か……変な…感じ…が…する…」

下から上にゆっくりと大和のものが入ってくる。繋《つな》がった部分が重いような、少し不思議な感じがした。ここが湯の中で、動きがスローになるからだろうか…。しかしその分、音が凄かった。

「久しぶりだから、か…?」

耳元をくすぐるようにして、大和が訊いてくる。

「…違う……そ…じゃなくて……お前が…重い…重くて…大きくて…いっぱいに…なってく…みたい…」

密着した身体が湯を弾き飛ばす。前に回った大和の手が珠樹の股間まで下りて、勃起している珠樹のものを根元からきゅっきゅっと引っ張るようにして扱いた。

「あっ…ああんっ！　大和……大和…んんッ…」

身悶えて、珠樹は不自然な体勢ながら、大和の方を振り向いた。びくびくと痙攣《けいれん》する腰を擦りつけ、キスをねだる。

「いくらでもしてやる…」

珠樹の気が済むまで、大和は何度もキスしてくれた。その間も突き上げる動きは怠らないから、珠樹の中にも湯が入り込んできて、摩擦が高くなる。

「…ん…っ…大和……い…い……そこ…いい……もっと…こすって…」

珠樹は緩やかに腰をうねらせた。大和を飲み込んだ身体が湯に浮くかの如き感覚だ。ここが湯の中だという興奮と、奥深くに侵入している大和の高まりにより、深い陶酔に見舞われる。

ぐっ、と背を反り返らせ、大和の方に凭れかかった珠樹の身体を強く抱き締めて、大和は濡れた項《うなじ》に唇を押しつけながら、下から上へと力強く腰を跳ね上げた。

波立つ湯が、どんどん浴槽から溢れて、タイルを流れていく。

「あっ…あ！　ああっ…大和…っ…大和……もうッ！」

二人の身体の奥底で膨らみ続けていたものが、その時一気に弾け、淫らな絶叫が浴室に谺《こだま》した。

終わった後も、珠樹は身体の震えが止まらなかったが、そんな珠樹を大和はずっと抱き締めていてくれた。


その後、部屋に戻って、ベッドの上でも愛し合った。

大和の求めは止むことを知らないかのように、珠樹を圧倒し続ける。すでに何回達かされたか、珠樹には分からなかった。

「…あっ……ぁ…くぅ…ん…っ…」

大和の上で、鮮やかなピンク色に染まった珠樹の身体は揺れ動いた。灼熱《しゃくねつ》の棍棒《こんぼう》は、狭いながらも不可思議な柔軟性を持ち合わせている肉壺《にくつぼ》にどんどん飲み込まれていく。

「はぁ…っ…あ！　あ…っ…ふっ……」

珠樹がぎこちなく身体を揺らして腰を沈める度、猛る勃起が敏感な粘膜を擦ってくる。

「…あぅ…ん…っ…」

一旦身体を浮かせて、もう一度沈み込ませる。すると、快感が波になって重なっていくようで、珠樹は喘ぎ悶えて、大きく頭を左右に振った。

下から腰を揺らせると同時に、大和の大きな手が脇腹《わきばら》を撫で、胸をさすり、硬く尖った突起を指で摘んで、きゅっと捻り上げてくる。

「ああ…っ…あ、や…っ……んんっ…」

大和の先端が奥に当たって、そこを集中的に突き上げてきた。虚《うつ》ろで、とろんとした珠樹の瞳に、鋭い光が宿る。

「……お、く…っ…奥に…あたって…る……おま…え…の…が…っ…あ……すご……い…」

「珠樹…ッ」

珠樹の腰の動きが速くなるにつれ、まとわりつく肉襞《にくひだ》や、伸縮する柔唇の締めつけがエスカレートして、大和の口から漏れる低い呻《うめ》きの回数が多くなった。珠樹の尻を揉みくちゃにし、びんびんになって大和の腹を擦っている珠樹のものにも手を伸ばして、がむしゃらに扱いてくる。

「はんッ…あ…あぁ…ん……ッ…」

電撃が走り抜けたかのように、背筋をぴんと張り詰めた次の瞬間、極みを直前に迎えた珠樹は、目茶苦茶に腰を振った。躍動する淫唇《いんしん》が、大和の全てを絞り上げていく。

「イ、ク…イク…ッ……も……だめ……」

噴き出した欲望を最奥に叩《たた》きつけられ、珠樹もまた頂点へと昇り詰めた。自身の欲望を大和の手の内に放って、きつく目を閉じる。

ぐったりとなって身体を突っ伏し、大和の胸に顔を埋めて、はぁはぁと荒い息を整えた。

「あ…」

意識が戻ってくると、自分の演じた痴態が思い起こされ、無性に恥ずかしくなる。

珠樹は大和の上から気怠い身体をそっと下ろした。

「や、大和…」

しかし、ベッドまで下りようとした珠樹にはストップがかけられた。片足を床に下ろしたところで、伸びてきた腕に捕らえられ、再びベッドの中に引き戻される。

「…どこに行くつもりだ？」

低い大和の声が頭の上から聞こえてきた。珠樹は今、うつ伏せの状態で、ベッドの上に押さえつけられている。

「…どこって…隣のベッドに…」

背中から伸《の》しかかってこられて、また身体が熱くなった。胸の鼓動が速い。いつまでも、ここにいては、また自分の身体が熱を持ちそうで恐かった。

「ここにいろ…」

大和が胸の下に指を差し入れてきて、珠樹は慌てて身をよじった。

「…駄目だって…もう…」

「ここを…まだこんなに硬くしている奴が言うのか…」

胸の突起がまだ硬く張り詰めている感触に、大和がほくそ笑む。指の腹でころころ転がされるうちに、また息が上がってきた。

「お前……俺が風呂に入るまでは全然その気なさそうだったのに……ッ」

唇を噛み締め損ねて、珠樹は短く舌打ちした。まるで掌を返したようなこの態度は何なのだろう…。

「当然だ。お前が我慢できなくなるまで、俺は待ってたんだからな…」

「え…」

珠樹は大和の悪戯《いたずら》な指の動きから逃れようと身体を浮かした。

「旅行に出たら解禁してやろうと思ったが、もう少し焦らしてやりたくなった…」

「なん…で…？」

振り向きざま、噛みつくようにキスされる。

「人のことをからかったバツだ…」

「え…」

そう言う大和は照れくさそうに見えた。

「飛行機が苦手なのは俺のせいじゃない…」

行きの新幹線の中で交わした会話を思い出す。まさか、そんなことで、大和は意地になっていたというのだろうか…。

可愛い、と思わず呟きかけた時、大和が珠樹の身体に手を回してきた。

身じろいだ拍子に、珠樹の手が大和の硬くなった股間のものに触れる。

「すご…い…っ」

一瞬、雷に打たれたかのような衝撃を受け、珠樹はぱっと手を離した。これが自分の中をいっぱいに埋め尽くす瞬間を思い出したら、勝手に身体の芯が濡れてしまう。

大和が珠樹の身体を仰向けにして、その上から乱暴に覆い被さってきた。

「大和…ッ…」

大和の下で、珠樹はもがいた。息もつかせぬキスの連続攻撃に、珠樹はまたどうしようもなく全身が甘く痺れていくのを感じた。大和の愛撫に、どうしても自分は逆らえない。

「我慢した甲斐《かい》は充分にあったたな…」

自慢げに言って、大和がまた別の場所にキスする。珠樹はびくっとなり、その身を大きく弾ませた。数日のブランクにより、今日の珠樹は自分でも制御不可能なぐらいに大和を求めてやまない。

「あ…ん…」

足の間に身体を割り込ませ、大和がきつく抱き締めてくる。

「いくぞ…」

「ん…っ…!」

挿《い》れられただけで、珠樹は軽い恍惚《こうこつ》状態に達してしまった。先程までの行為の熱が積み重なって、珠樹のそこにずっと渦巻いている。

「あ、あ、あ、ああっ……！」

「……っ……いきなりそんなに締めるな……」

珠樹の内部はいきなりクライマックスのように大和のものを絞り上げていく。細かい襞が大和自身に絡みつき、そこだけが独立した生き物のように蠢いた。

「そ、んな……だっ……て……気持ち……よく……て……」

目の前で、快感がどろりと霞む。後はもう本能のままに突き進むしかできない。

「全く……冗談抜きで、お前は我慢が足りないぞ……」

大和は奥歯を噛み締めて、最初の気をやり過ごしたようだった。

「……お前に……言われたく……ない……って……ッ」

大和が腰を突き上げるのに合わせて、珠樹は腰を回した。そうすることで、更に悦びが深まることを本能で分かっている。

「……あ……っ……大和……気持ちいい……ッ……お前……も……気持ち……いい……か……」

「……ああ……とても……」

大和が珠樹の顔にじゃれるように、キスしてくる。唇や頬だけでなく、瞼や首筋にある黒子《ほくろ》や、果ては耳の後ろまで。

「……あ……ん……っ……んっ……はぁ……あ……ッ」

珠樹の瞳が宙を彷徨い出すのを見て、大和が珠樹の頭を自分の胸にきつく抱え込んだ。こんな時に余所見されてはたまらないと思ったのかもしれない。

珠樹が舌を出して目の前に見つけた胸の尖りを舐めてやると、珠樹の中に埋め込まれた大和のものがぴくっと震えるのが分かった。

「こら、悪さをするな…」

大和に叱《しか》られても構わず、珠樹は舌先で少し硬くなったそれをちろちろとくすぐる。

「おい…」

悪戯を止めない珠樹を、大和は自分の胸から無理矢理に引き剝《は》がしたが、調子に乗った珠樹は大和の背中に回した手をあちこち動かして、背中から尻まで愛撫してやる。

「お返しは、たっぷりしてやるぞ…」

しかし、大和もこのまま黙ってはいない。珠樹の腰に手を回し、少し反らせた胸に顔を伏せると、両の突起を交互に口に含み、くちゅくちゅしゃぶってきた。長い舌に絡め取られ、きつく吸い上げられた途端、珠樹はだらしなく顔の筋肉を緩ませた。このまま感じすぎて死んでしまうかもしれないと、そんな馬鹿なことを考える程に気持ち良かった。

「や、まと…大和……大和……ッ」

固く抱き合い、猛烈な一体感を貪《むさぼ》りながら、二人は同時に頂点まで駆け上る。

大和の背中に回した手に力を込め、珠樹はぎゅっとしがみついた。

「珠樹…」

自分の名を呼ぶ大和の声が酷く心地好くて、その瞬間珠樹は全ての意識を手放した。

5

二人が東京に戻ってきたのは、二週間後のことだった。実りある取材旅行だったといっていいだろう。

帰りも五時間以上かけて、新幹線で帰ってきた。

「飛行機なら、もっと早いのに」

東京駅の新幹線ホームに降り立ったところで、珠樹はぽつりと呟いて、大和に睨まれる。

「また同じ目に遭いたいのか？　俺はそれでも一向に構わないがな」

「…………」

飛行機が苦手な大和をからかって、とんでもない目に遭ったことを思い出し、珠樹はぶんぶんと頭がもぎれる程に強く振った。

「遠慮するな」

「遠慮なんかしてないって」

ふっ…と、大和が笑った。珠樹を見つめる瞳が、どことなく優しい。

旅行中は二人でいると甘い雰囲気になることが多くて、珠樹としては戸惑いも大きいが、そのことを決して嫌がっていない自分にも気付いていた。

とりあえず、大和のマンションへ直行する。

大和が腹が減ったと言うので、どこかで食事をして帰ろうかと提案したが「お前が作ったもので我慢してやる」と言われて、珠樹は疲れた身体に鞭《むち》打って、これから料理を作らなければいけなくなった。

「各地の名物料理も悪くないが、お前が作る料理の方が旨《うま》い」

「え…」

タクシーの後部座席に身を沈めて、大和が言った。その顔はそっぽを向くように窓から外を見ている。

隣で、珠樹は顔を赤らめるだけだ。まさか、あの大和がそんな恥ずかしい台詞を素面で口に出すとは思わなかった。

「今度、取材に行く時は自炊のできるコテージか何かに泊まって、メシはお前に作らせるとするかな」

大和がゆっくりと珠樹の方に視線を戻した。

「また俺を連れていく気かよ？」

珠樹がわざとぶっきらぼうに答えたのは、もちろん大いなる照れ隠しであった。

「嫌なのか？」

「別に…いいけど」

その瞬間、何ともいえない照れくさそうな顔で、大和が笑う。一瞬、その笑顔に見とれてしまった。

「だったら、もったいぶらずに最初からそう言え。…たくっ、素直じゃない」

「どっちが！」

こんな言い合いすら、今の珠樹は楽しんでいた。会えなかった六年間がなかったように、もうずっと昔からこんな風に二人で過ごしてきたような気さえする。

しばらくして、タクシーが大和のマンション前に到着した。

金を払い、タクシーを降りて、マンションの中に入っていく。エレベーターに乗り込んだ瞬間、伸びてきた大和の手が珠樹の肩を抱き寄せ、唇と唇を合わせてきた。蜜も吐息も混じり合う濃厚なキスだった。

「…んんっ」

エレベーターが最上階に着くと同時に、大和が珠樹を離す。

「ばっ…場所、考えろよな」

真っ赤な顔で、珠樹は文句を言った。

「考えたから、エレベーターに乗るまで我慢したんだ」

しかし、大和は涼しい顔で言い放つ。

「…………」

この男には何を言っても無駄だった。しかし、大和というのはこういう男だっただろうか…。

昔から、こんな風だったともいえるし、違ったともいえる。昔から真意の摑めないところは変わらない。

「ただいま」

部屋に上がると、珠樹の口から自然にその言葉が漏れた。珠樹の部屋ではないが、最近はほとんど入り浸っている。もちろん珠樹が望んでそうしている訳ではない。多分。

荷物を置いて、ソファーに座り込む大和を横目に、珠樹はスーパーへ買い物に行く仕度をした。

「じゃあ、しょうがないから、買い物に行ってくる。何が食べたいんだよ？」

しょうがないから、という部分を強調して、珠樹は大和の方を見て訊ねた。珠樹だって、帰ってきたばかりで疲れている。

「そうだな…」

大和が考える顔で、何かを言いかけた時、部屋の電話が鳴った。帰ってきたばかりで電話が鳴るのはタイミングがいいともいえるが、もしかしたら留守電に何か入っていたのだろうか…。

「お前、出ろ」

「へ？」

言われて、珠樹は渋々電話口に向かった。と、予想通り留守電にメッセージありのランプが点っている。

「はい、葵ですが…」

電話に出ると、相手は大和の弟の悠麻だった。

『あの…悠麻です。えーと、珠樹さんですか？』

珠樹が出たことに、少し悠麻は驚いているようだった。

「ああ、悠麻くん、こんにちは。今、大和に代わるから」

『はい、お願いします』

その時、悠麻の声が強張《こわば》っていることに、珠樹は気付いた。何かあったのだろうか…。

「悠麻くんから」

珠樹は子機を持って、大和の前まで歩いていった。だが、大和は子機を差し出しても受け取ろうとはしない。珠樹は大和の手に無理やり子機を握らせた。

「おい」

大和の文句は聞かず、珠樹は大和から離れた。大和は無理やり押しつけられた子機を睨むようにして、それからゆっくりと耳に当てた。

「何だ？　…え」

不機嫌そうな声色に、トーンの違う音色が混じった。どこか胸が締めつけられるような…。

やはり何かあったのだと知って、珠樹は少し離れたところから大和を見守った。

「…そうか。だが、仕事の都合で、いつ行けるかは分からない。ああ、それじゃあな」

程なく大和が電話を切り、子機をぽんとテーブルの上に載せる。それからソファーに横になって、目を閉じた。

「何かあったのか?」

黙っていられず、珠樹は大和が横になるソファーのすぐ脇に立って訊ねた。

「…………」

大和がゆっくりと目を開ける。

「なぁ、大和」

珠樹は大和に縋《すが》った。先程、電話を受けた時の大和の様子は明らかにおかしかった。悠麻の声が強張っていたことも気に掛かる。

「別に…ただ親父が倒れただけだ。脳卒中らしい。見舞いに来てくれと言われたが、何とか命は取り留めたそうだから、そう急ぐこともないだろう」

再び大和が目を閉じる。

「お前、何言ってるんだよ…お前の親父さんが倒れたんだろう? すぐに病院に行けよッ」

つい珠樹の声が荒くなった。自分の父親が倒れたのだ。何を置いても病院に駆けつけるべきだろう。

「明日でいい。今日は疲れた」

「そんなこと言っている場合かよ。行くぞ、病院」

ソファーから動こうとはしない大和を無理やりに起こして、珠樹は外に連れ出した。

「俺が行っても邪魔になるだけだ」

「…どういう意味だよ？」

大和の言葉の意味が気になったが、今は押し問答をしている場合ではない。

大通りまで出てタクシーを拾って乗り込む。だが、その時、大和の父親の入院した病院の名前を知らないことにようやく珠樹は気付いた。

「どこの病院だっけ？」

「…中央南《ちゅうおうみなみ》病院」

大和の口から小さな溜め息が漏れる。

病院に着くと、受付で大和の父親が入っている病室を教えてもらい、さっそく向かった。

道々、大和は悠麻から聞いたことを珠樹に教えてくれた。大和の父が倒れたのは一昨日のことで、脳梗塞《のうこうそく》らしいこと。処置が早くて命は取り留めたことも。

「良かったな、親父さん助かって」

珠樹も知らない相手ではない。何より大和と悠麻の父親だ。

「あ、そうすると、点ってたメッセージのランプはもしかしたら、悠麻くんだったのかもしれないな」

悠麻からの電話に出る前、メッセージのランプが点っていた。一昨日に倒れたということは、今日までにも電話をかけていたのだろう。だが、大和は取材旅行に出掛けて留守だった。

「今度から旅行に出る時は、悠麻くんぐらいには知らせておけよ」

「…………」

病室に到着する。大和はノックするのを躊躇っているようだった。

「大和」

珠樹が睨むと、大和は諦めたようにドアをノックした。

「じゃあ、俺、向こうで待ってるから」

珠樹は廊下の端に置いてある長椅子を見つけ、歩いていく。

大和が部屋に入ったのを見届けると、ホッと息をついた。

彼らの父親が命を取り留めたのは何よりだが、珠樹には大和の態度が気になった。それに、

『俺が行っても邪魔になるだけだ』という大和の言葉の意味は何だろう…。

分からないことが多すぎる。

椅子に座って、あれこれと考えていたら、病室のドアが開いて、悠麻が出てきた。

珠樹を見つけ、嬉しそうに駆け寄ってくる。

「珠樹さん、ありがとうございました。あなたが、兄を連れてきてくれたんですね」

悠麻が珠樹に向かって頭を下げた。

「俺は別に…何もしてないよ」

ただぐずぐずしている大和の尻を少し叩いただけだ。

「いえ、珠樹さんが兄を連れてきてくれなかったら、兄は決してここには顔を見せなかったかもしれません」

悠麻の目が伏せられる。先日、大和の部屋の前で悠麻に会った時も不思議に思った。昔は羨むぐらい仲が良かった筈の大和と悠麻の兄弟。六年ぶりに会った彼らは、ぎくしゃくして、昔の面影はどこにも見られなくなっていた。父親が倒れたのに、なかなか見舞いに行こうとはしない大和もおかしいが、大和に気を遣いすぎている悠麻もおかしい。

「部外者の俺が聞くのも何だけど、家で何かあったのか？」

この六年の間に、大和と悠麻たちの間に何かあったとしか思えない。

「それ、は…」

悠麻が口ごもり、軽く唇を噛み締めた。

「あ、言いたくないんだったら、別にいいんだ。無理に聞き出すつもりはないから」

「すみません」

悠麻がもう一度頭を下げる。よほど言いにくいことなのだろう。

「それじゃ、俺…どうしようかな？　もし、時間がかかりそうなら…」

珠樹は病室のドアを気にした。大和を待っているつもりだったが、自分がいることで邪魔になるかもしれない。

「そうですね、今、兄は父の傍に付いていてくれていますから」

「分かった。じゃあ、俺、先に帰るよ」

取材旅行の付き添いで二週間留守していたから、出版社の方にも顔を出さなければいけない。

「すみません」

「そんな謝らなくてもいいって。悪いけど、大和に伝えといてくれる？　何かあったら連絡くれるようにって」

「分かりました。今日は本当にありがとうございました」

三度目、悠麻に頭を下げられる。

「もういいよ。そんなことより、親父さん無事で良かったな。まだまだ元気で働いてもらわなくちゃな」

「はい。でも…」

不意に悠麻の声が沈んだ。

「え…」

「命は助かりましたが、後遺症が残るのは避けられないみたいで、以前のように働くのは無理だろうと担当医の先生がおっしゃっていました」

「そうだったんだ。…ゴメン、俺、無神経なこと言っちゃって」

珠樹は慌てて謝罪した。

「いえ、いいんです。父のことは残念ですが、この機会に兄が家に戻って、父の跡を継いでくれれば…」

「それって…」

思わず珠樹は聞き返していた。つまり、それは大和が作家を辞めるということになるのではないか…。

「何か？」

「あ、いや…」

大和が父親の跡を継ぐ。それは珠樹も分かっていたことなのに、今、自分でもその事実を突きつけられて、信じられないぐらいのショックを受けている。いつの間にか、大和が作家であることを当然と思うようになっていた。そして、自分がその担当編集で、大和から吹っかけられる無理難題に文句を言いつつ、何とかこなしていく。そんな日常がずっと続くのだと思っていた。

「じゃあ、僕も病室に戻りますので」

「あ…ああ」

悠麻が病室の中に消えても、しばらく珠樹はその場を動けないでいた。

6

久しぶりに編集部のデスクに向かって、パソコンのキーを叩いている。

しかし、手は動いているものの、頭は大和のことでいっぱいだった。

大和からの連絡はまだない。何かあったら連絡してくれと、悠麻に言付けたのだから、何かあれば連絡してくるだろう。

大和の家のことに口は出せなかった。これから大和は書くのを止めて、父親の跡を継ぐことになるのだろうか。大和の立場を考えれば、それが当然だが。

珠樹だって、大和は父親の跡を継ぐものと、ずっと思っていた。

だが、六年ぶりに再会した大和は、せつな海里というもう一つの名前で珠樹の前に現れた。

編集部の一員として、また担当編集として、せつな海里は決して手放せない売れっ子作家である。

再会した時、大和は父親の跡を継ぐのは悠麻に譲ると言っていた。それを聞いた時は驚いたが、いつの間にか珠樹は大和が作家として、そこに存在するのが自然と思うようになっていた。

大和はこれからどうするつもりなのだろう…。どちらにしても、肝心なのは大和の気持ちだ。

こんなところで、珠樹が悶々と考えていても埒《らち》は明かない。

大和からの連絡はまだないが、訪ねてみよう。下手に珠樹が顔を出すと邪魔になるかもしれないと思って遠慮したが、このままでは仕事になりそうもない。

編集長の金本に断りを入れて、珠樹は大和のマンションに向かった。

もしかしたらまだ病院にいるかもしれないと思ったが、帰っていなかったら帰っていなかった時のことだ。とりあえず差し入れに大和の好きなシュークリームを買っていく。

大和のマンションに着き、勝手に鍵を開けて中に入る。

部屋の中は静かだった。やはりまだ帰ってきていないのだろうか…。

しかし、その時、珠樹の目が、ソファーの上に無造作に置かれた見慣れた色のシャツに留まる。

あれは、昨日大和が着ていたシャツだ。

珠樹は思いきって寝室のドアに手をかけた。

すると、予想通り、ベッドの上では大和が眠っていた。

大和の姿を見て、珠樹はホッと安堵の息をついた。もしかしたら、最悪この部屋には二度と帰ってこないかもしれないと思っていたから。

「ん…」

ふとベッドの上で大和が身じろぎ、目を開けた。

「ゴメン…起こしたか？」

珠樹は謝り、慌ててドアから外に出ようとした。

「いや、さっきから目は覚めてる」

ゆっくりと大和が上体を起こす。目は覚めてると言ったが、まだかなり眠そうだ。

「眠いなら、まだ寝てろよ。俺、その間にメシの仕度するから」

「待て」

再びドアから外に出ようとした珠樹を、大和が引き止める。

「お前、昨日はなぜ先に帰った？」

珠樹を責めるような大和の口調だった。

「え…」

「待ってると言ってただろう」

そう言う大和は拗ねているようにも聞こえる。

「えーと、一応、悠麻くんに伝言頼んだんだけど」

黙って帰った訳ではない。それに、自分がいては邪魔だと思ったから。

「聞いたが、そういう問題じゃない」

「もしかして、俺が先に帰ったこと、拗ねてるのか？」

珠樹は意外そうに言った。

「拗ねてるんじゃない。怒ってるんだ。お前と一緒にするな」

「……………」

どう見ても拗ねているようにしか見えないが、これ以上は追及しない方がいいだろう。

「あ、シュークリーム買ってきたけど、食べるか？」

「…シュークリームで機嫌を取ろうとしても駄目だからな」

うっかり猫撫で声を出してしまったことで、バレバレになってしまった。

「じゃあ、要らないのか？」

「食べる。昨日から、何も食ってないから、腹が減ってるんだ。さっさとよこせ」

仕方なく珠樹はリビングのテーブルの上に置いたシュークリームの箱を取ってきて、大和に渡した。あっという間に大きなシュークリームを二個ぺろりと平らげる。本当に腹が減っているようだ。

「昨日から何も食ってないって…何で？」

「面倒くさい。メシを作ると言っていたお前は、一人でさっさと帰ってしまうしな」

大和が三個目のシュークリームに手を伸ばす。

「コンビニ弁当ぐらい買いに行けばよかったのに」

マンションから徒歩一分のところに、コンビニはあった。

「だから、面倒くさい。…お茶」

お茶と言われても、二週間留守にしていた冷蔵庫の中は飲み物の類もゼロである。

「スーパーで買い物してくるから、ちょっと待っててくれ」

「こんな甘いものを買ってくるなら、お茶の一つぐらい用意しておけ」

こんな甘いものを三つも平らげて、よく言う。

「はいはい、俺が悪かった」

普段ならむかつくところだが、あまりにいつもの大和で逆に珠樹は嬉しくなった。これからも、ずっとこのままでいられるのではないかという希望が湧いてくる。

「おい…」

にこにこ笑っているところ、腕を引かれて、抱き寄せられた。

「何…んんっ」

すぐに口付けを貪られる。舌の先に残ったカスタードクリームが甘さに拍車を掛けていた。

「甘いぞ、お前」

はふう…と喘ぐように息をついて、珠樹は文句を言った。

「お前が買ってきたシュークリームのせいだ。…尤《もっと》も甘くないキスがお好みなら、今すぐ望みを叶えてやってもいいが」

「え…」

はてなマークが浮かんだ珠樹に、大和が人の悪そうな笑みを浮かべて言う。

「ベッドの上でな」

「ばっ…」

珠樹の顔から真っ赤な火が噴いた。

「え、遠慮しとく」

「なら、とっととメシを作れ。それまで、俺はもう少し寝る」

欠伸《あくび》を一つして、再び大和がベッドに横になる。

顔を赤くし損だった珠樹は寝室を出ると、大きく肩で息をついた。


珠樹の作る料理の方が旨いと大和が褒めてくれたからではないが、なぜか張り切って料理を作ってしまった。いつもより凝った料理の数々に、大和は満足そうだ。

別に大和の為に頑張った訳じゃないけど…と誰に言い訳しているのか、後片付けをしながら珠樹は思う。料理を作るのは、担当としての仕事の一環だ。そう思うことにした。生活能力に欠ける作家の面倒を見るのも仕事だ。

だが、そうなると、大和に抱かれていることはどうなるのだろう…と別の疑問が湧いてくる。

明らかに、それは仕事の範疇《はんちゅう》を超えていた。

プライベートで、ということなら、大和は幼馴染みであり、良い友人でもある。しかし、これも友人とセックスはしない。

「おい、コーヒー」

その時、背後から大和の声がして、珠樹は跳び上がる程に驚いた。ちょうど考えていた人間に声を掛けられては誰だって驚く。しかも、精神衛生上あまりよろしくない思考だ。

「何をそんなに驚いてる？」

「べ、別に」

そういえば、洗いものをしながら、コーヒーを沸かしていたのだ。コーヒーの良い香りがキッチンに漂っている。

「お前も飲むだろ？」

「あ、うん」

珍しく大和が自分でカップにコーヒーを注いでいる。しかも、珠樹の分と二つ。珠樹がいると、自分では何もしない大和にしては珍しい。

珠樹が不思議そうに、そんな大和を見ていると、大和はニヤリと笑って言った。

「今日は随分と料理を頑張ったみたいだからな。俺の為に」

「…………」

俺の為に、というところを強調する大和は相変わらず意地の悪い男だ。

「冷めないうちに来い」

大和がカップを二つ持って、リビングのソファーに腰を下ろす。

洗いものはもう少しかかりそうなので、珠樹は先にコーヒーを飲むことにした。せっかく淹れ立てのコーヒーが冷めてしまっては勿体《もったい》ない。

大和の隣に腰を下ろし、珠樹はカップに口をつけた。

大和もカップに口をつけていて、二人の間には心地好い沈黙が流れていた。こうしていると、なぜか心が落ち着く。

だが、のんびりとしている場合でもなかった。

珠樹には大和に聞きたいことがあった。

「なぁ、昨日のことだけど」

コーヒーを半分ぐらい飲んだところで、珠樹は話を切り出した。

「ああ」

「悠麻くんから聞いたけど、親父さん後遺症が残るんだってな？　今までみたいには働けないって、悠麻くん、言ってたけど」

「…………」

珠樹は大和の瞳をじっと見つめた。彼の真意がはかりたかった。

「お前、親父さんの跡は継がないって言ってたけど、そういう訳にはいかないよな？　悠麻くんはまだ大学生だし」

珠樹は一生懸命言葉を選んで口にした。

「…何が言いたいんだ？」

だが、珠樹の気遣いが、逆に大和の癇《かん》に障ったようだ。さっきまで機嫌が良かったのが嘘《うそ》のように、声にあからさまな苛立《いらだ》ちが混じっている。

「何が言いたいって、俺はただ…」

「お前が知りたいのは、俺がこのまま作家を続けるかどうかだろ？　売れっ子作家のせつな海里がいなくなると、編集部としては困るからな。当然、担当編集のお前もな」

大和の口元に自嘲《じちょう》気味の笑みが浮かんだ。

「そんな言い方…」

珠樹は眉を顰めた。大和の言い方だと、まるで珠樹が必要としているのは、せつな海里としての大和だけのように聞こえる。そんなことはないのに。

「じゃあ…前から訊きたかったが、なぜお前は俺に抱かれているんだ？」

溢れ出す感情を無理やりに抑えつけるようにして、大和が問いかけてきた。

「それ、は…」

大和が言ったことは、珠樹がさっき考えていたことと同じだった。

「最初の時、お前は同情じゃないと言ったが、だったら担当編集としての義務感からか？」

「そんなこと…！」

大和の言葉が、珠樹の胸に深く突き刺さる。大和がそんな風に思っていたことがショックだった。違うと言いたいのに、ショックが大きすぎて言葉にならない。

「図星、か？」

大和はショックで何も言えない珠樹を、肯定の意に取った。

珠樹は、がちがちと勝手に唇が震え出すのを止められない。込み上げてきた熱い滴《しずく》が目尻に溜まった。

「なら、遠慮はいらないな。今も、お前は担当編集として、俺の傍にいる。そんなお前が今、できることは…」

ソファーに押し倒され、その上から大和が荒々しく覆い被さってくる。

「大和…やめろ！」

「これも、お前の仕事なんだろ…？」

獣のような荒い息遣いを項に感じて、ぞくっとした痺れが珠樹の背を駆け抜けた。

「…っ……」

かりっと首筋に歯を立てられ、微かな痛みが走る。続けて噛みつくように口付けられると、珠樹は軽くかぶりを振った。

「どうして…こん、な……」

いつもの大和なら、こんな性急な求め方はしてこない。じっくりと焦らすように、でもそれは決して珠樹の気持ちを無視した営みではなかった。

「…ッ……」

大和の手がいきなり股間に伸びてきて、珠樹は息を飲んだ。乱暴な手つきで腰のベルトを解いた後、下着の中に手を差し入れ、珠樹のものを直接握り締める。優しさも思いやりも感じられない手だった。ただ本能のまま、大和はそこにある自分と同じ欲望の源を握り込んだだけ…。

「う…っ」

珠樹が小さく呻《うめ》くが、大和は構わず、おざなりな愛撫で珠樹自身を中途半端に高めると、もっと奥へと指を侵入させてきた。

「や…っ…」

無遠慮にそこを探られ、珠樹はきつく唇を噛み締めた。だが、痛みに戦いても、珠樹は自分のそこが大和の指に反応していることを早々に悟った。自分の身体は大和を前にすると、痛みと快感の区別さえつかなくなってしまうのだろうか…。

「嫌がっている割には、ひくひくしてるぞ…ほら、俺の指を銜《くわ》えて離さない…俺を欲しがってるみたいだぞ…おまえのここは…」

珠樹を傷つける為だけの言葉。珠樹は込み上げてくる羞恥心を払い、いっそ舌を噛み切りたい程の屈辱感に耐えた。今まで男である自分が大和との行為を屈辱とも思わず受け入れてきたのは、大和が珠樹の意志を優先させてくれていたからだ。だが、今の大和は…。

「うぅ…」

獣のような唸り声を上げ、大和が珠樹の喉元に食いついてくる。珠樹の身に着けているズボンを下着ごとずり下ろした。

いやいやをするように珠樹はまたかぶりを振った。さっき中途半端に高められた熱を、珠樹自身も持て余している。この時、足の先に絡まったズボンを蹴《け》り出したのは無意識のうちだった。

股間をまさぐる手を抜き、大和が太股《ふともも》をぐっと摑んだ。反対の手でジッパーを下ろして、自分のものを引き出す。そして珠樹の太股を摑む手に力を込めると、そこを押し開いて、下から一気に突き込んできた。

「くぅ…んっ…っ…んっ……」

肉棒が珠樹のそこにめりこみ、珠樹は苦痛とも快感とも取れる悲鳴を上げた。押し広げられた粘膜が最初は痛みに硬直するが、体重を乗せて押し込んでくる力には抗《あらが》えない。そこをぐちゅぐちゅと掻き回されて、珠樹は淫らな喘ぎを上げた。

「よく締まるな…やはりお前のここは俺を欲しがっていたようだ…」

珠樹はかぶりを振ったが、次第に腰がうねり始めている。奥まで突き入れられると、珠樹は喉に声を詰まらせて、大和にしがみつく手に力を入れた。

「…っ…あ……ぅ…っ……」

怒張した大和のものが突き進んでくる度、みしっ、ぎしっとそこがきしむ。いつもなら、もっと念入りに珠樹のそこをほぐしてからでないと、大和は自身の欲望を打ち込んでこない。

きつい締めつけとその狭さに、くっ…と大和が喉を鳴らす。強引に捻り込んでいく圧迫感は痛みに近かったが、その痛みが残酷な満足を今の大和にもたらすようだ。一度、息をつき、それから息を吸い直して、改めて珠樹の足を抱える。腰を揺らして勢いをつけながら、何度も突き上げてきた。

「あ、あ…………ひっ……ぁ……」

たまらず珠樹は喉の潰れたような悲鳴を上げた。内壁を擦り上げる大和のものは炎のように熱くなっている。

珠樹の中が大和のものに吸いつき、異物を押し出そうとする生理的な反射が、却《かえ》って大和のものを悦ばせた。徐々に射精感が高まってきて、大和が絶え間ない抽送を繰り返す。

「出すぞ…」

くぐもったように冷たい大和の声、いつもとは違いすぎるその声に、珠樹は悲しくなって、目尻に溜まった涙を零した。内圧が加速度的に高まり、熱い塊が、その時噴射される。どくっ、どくんと、おびただしい量の欲望が珠樹の内に迸《ほとばし》っていった。

「……あっ……あぁ！　あっ…あああっ…」

背を反り返らせた珠樹の長い絶叫がリビングの中に吸い込まれていく。焦点を失った瞳はただ虚空を見つめていた。だが、珠樹の中の大和の欲望はまだ衰えを見せない。たちまち力を取り戻したそれが、再び珠樹の奥を蹂躙する。

「ひっ…ん…っ」

電流でも流れたかのように、珠樹の身体は跳ね、それと同時に珠樹のそこが大和のものをきりきり締め上げていく。ふっ…と大和が笑う。収まらないのは自分だけではないことを知ったのだ。躍動する珠樹の下の口は、全てを逃すまいと大和のものにぴっちりと絡みついていった。

「あ……んっ…ん……」

また…だ、と珠樹は薄れゆく意識の中で思った。大和と交わっている時に、必ず感じるもの。それは、このように珠樹の意思を無視した行為の中でも確かに感じた。声を上げて泣きたいような切なさと、どこか焦れったいようなやるせなさが混じったそれは一体何と名付けられているものだろう…。

「…うっ…うう…っ」

珠樹が悶え、嗚咽《おえつ》を漏らす。再び激しい突き上げが開始されると、珠樹は自分でも屈辱的ともいえるこの行為に痛みを感じているのか、快感を感じているのか分からなくなった。混乱を来《きた》した頭で、ただ目の前の熱い男にしがみついて、腰を振る。

淫らな熱に支配された二人の行為はそれからも続き、繋がったまま何度も何度もエクスタシーを貪り合った。

7

珠樹の気持ちを無視して行為に及んだ大和を、珠樹は許すことはできなかった。

だが、珠樹が怒っているのは行為そのものに対してではなく、大和の台詞に対してだった。

『じゃあ…前から訊きたかったが、なぜお前は俺に抱かれているんだ？』

『最初の時、お前は同情じゃないと言ったが、だったら担当編集としての義務感からか？』

義務感から抱かれていると思われていたことが、本当にショックだった。

確かに大和はせつな海里で、編集部にとっても担当編集の珠樹にとっても、重要な人間であることは否定しない。

それに加えて、大和は大切な幼馴染みであり、友人でもある。

だが、もう今はそれだけではなく、珠樹にとって、大和はもっと大切で特別な存在…。

今までに何度も肌を合わせていたくせに、今頃気付くなんて遅いとは思うけれど。

相変わらず編集部のデスクで、心ここにあらずで仕事を続ける珠樹を、同僚の編集が呼びに来た。下に面会の人間が来ているというのだ。

心当たりはなかったが、ともかく編集部を出て、一階の受付まで降りていく。

すると、そこに待っていたのは、大和の弟の悠麻だった。

「すみません、突然訪ねてきてしまって」

悠麻がぺこりと頭を下げた。

「いや、いいけど。どうしたの？」

訊いてはみたが、悠麻がわざわざ珠樹を訪ねてくる理由は大和のこと以外にはない。

流石の大和も、あの日以来珠樹を呼び出すことはなく、もう一週間会っていなかった。

「兄のことで、少しお話が」

「分かった。じゃあ、外の茶店にでも行こうか？」

珠樹は打ち合わせによく使う近所のコーヒーハウスに悠麻を連れていった。

席に着いて、コーヒーが運ばれてくるまでの間、悠麻はなかなか口を開こうとはしなかった。

珠樹は急がず悠麻が口を開くのを待つことにした。

コーヒーを一口飲んで、悠麻が意を決したように正面から珠樹を見つめる。

「今日は珠樹さんにお願いがあって来ました。兄が家に戻ってくるよう、珠樹さんから説得してもらえないでしょうか？」

悠麻の話は大和のことだろうとは思ってはいたが、その内容までは予想だにしていなかった。

「それは…」

珠樹は口ごもった。

「もちろん珠樹さんの事情は分かっています。珠樹さんは兄が世話になっている出版社で編集をしてらっしゃる。兄が売れっ子作家のせつな海里であることは知っていますから、珠樹さんにこんなことをお願いするのが筋違いであることも、よく分かっているつもりです」

「…………」

編集部がせつな海里を手放したくないことを分かっているということだ。

「でも、あなたにお願いするしかないんです。昔から、兄にとって、あなたは特別でした。家に帰るのを渋る兄を説得できるのはあなたしかいません！」

大和にとって、珠樹は特別だったのだろうか…。珠樹にとって、大和が特別であるように。

「家に帰ったら、大和はお父さんの跡を継ぐことになるんだろ？」

珠樹は確認するように訊ねた。そうなれば、作家業は辞めざるを得ない。

「はい…でも、元々兄は父の跡を継ぐことになっていたんです。家を出て、作家になるまでは」

そのことは、珠樹も知っている。

「大和は言ってた。親父さんの跡は君が継ぐから、と」

「……！」

悠麻が大きく目を見開いて、珠樹を見た。

「君らの親父さんが倒れたって聞いて、病院に行く時に、大和が『俺が行っても邪魔なだけだ』って言ったんだ。これって、どういう意味なんだろう？」

珠樹の中で、その言葉もずっと引っかかっていたのだ。

「…それは、俺からは話せません」

悠麻が俯く。だが、大和が言ったその言葉の意味に、悠麻は心当たりがあるようだった。

「いいよ。無理に聞き出すつもりはないから」

「すみません」

悠麻の顔にホッとした色が浮かんだ。

「ただ俺も君の頼みを聞くと約束することはできない。大和がこのまま作家を続けていきたいなら、その気持ちを尊重したいし、帰って親父さんの跡を継ぐと決めたのなら、俺はそれを応援したいと思う」

「そうですか…」

決めるのは大和だ。

悠麻の声があからさまに沈んだ。

「でも、どんな事情があるにしろ、俺が知っている大和なら、きっと…」

大和なら、どちらを選ぶか、珠樹には分かる気がした。どんなに言葉は素っ気なくても、大和は家族思いだ。

「だから、大和が答えを出すまで、もう少し待ってあげてくれないかな」

今の大和はきっと色々なことを考えている。多分心が不安定で、だから珠樹にもあんな真似をしたのだ。結局、どんなに腹を立てても珠樹には大和を突き放すことはできない。

「分かりました。珠樹さんが、そうおっしゃるなら…」

最後は悠麻も納得してくれた。


悠麻と別れた後、珠樹は大和のマンションにやってきた。

おそらくこの一週間まともな食事はしていないだろうから、食料を色々と買い込んで持参した。

鍵を使って、勝手に上がり込む。先日と同様に、部屋の中は静かだった。

また寝ているのかと思ったが、珠樹はソファーに腰を下ろし、考え事をしている大和を見つけた。その横顔が少し疲れているように見えて、声をかけそびれる。

黙ってキッチンに入り、食事の仕度をする。冷蔵庫を見ると、やはり一週間前のまま、空っぽだった。本当に大和は珠樹がいないと、まともに食事もしないのだろうか。

小さく溜め息をついて、料理を作り始める。今日は栄養のあるものを中心にメニューを考えた。

「…いい匂いがする」

しばらくすると、キッチンの入口に大和が立っていた。

「もうすぐできるから、待ってろよ」

珠樹は明るく声を掛けた。すると、大和は少し驚いたような顔をした。

「…ああ」

短く頷いて、大和がソファーに戻る。今度は新聞に手を伸ばして読み始めた。

やがて、食事の仕度が整って、二人で食べる。我ながら、とても良い出来だった。

「俺、もしかしたら選ぶ職業間違ったかも。コックとかの方がよかったかな」

味のよく染み込んだ芋の煮ころがしを口に運びながら、調子に乗る珠樹に、大和が思いっきり白い目を向けた。

「な、何だよ…冗談に決まってるだろ」

珠樹だって、ちょっと言ってみただけだ。どの世界もそんなに甘いものではない。

「お前がコックになると、俺が困る」

「え…」

大和が、ふいと顔を背けた。それは、照れているように見えた。

「おさんどんをしてくれる便利な担当がいなくなるからな」

「はいはい、どうせそうでしょうよ」

珠樹はがっくりと肩を落とした。大和の口から聞きたいのは、そんな言葉ではなかった。

食事を終え、後片付けまで済ませると、珠樹は新聞を読んでいる大和の隣に腰を下ろした。ただし、この前のことがあるので、しっかりと間は空ける。

「い、言っとくけど…この前のことはまだ怒ってるんだからな」

珠樹が最初に宣言すると、大和は新聞から顔を上げ、ちらりと珠樹を見た。

「俺は確かにお前の担当だけど、その義務からお前とその…寝てる…訳じゃない…」

まずはこれだけは言っておかなければならない。

大和がじっと珠樹を見つめる。その真摯《しんし》な瞳に、胸の奥が切なく痛んだ。その瞳が何を考えているのか、まだ珠樹には全てを察することはできない。

「…それで、俺に言いたいことがあって来たんだろ？　どうせ悠麻あたりが頼みに行ったんじゃないのか」

大和が一つ息をついて、新聞を閉じた。悠麻が訪ねてきたことも、大和にはお見通しだった。

「悠麻くんに、お前を説得してくれって頼まれたのは事実だけど…でも、だからここに来た訳じゃない」

正直なところ、説得したい訳でもない。珠樹の気持ちは、このまま大和に作家を続けてほしかった。それは担当としてではなく、一人のファンとして、大和を大切に想う一人の人間として…。

「やっぱりか…昔から悠麻はお前に懐いていたからな」

悠麻が珠樹に懐いていたと聞いて、珠樹は不思議そうに首を傾げた。確かによく一緒に遊んだが、それは悠麻が大和を追いかけてばかりいたからだ。

「悠麻はお前と遊びたくて、俺の後ばかりついてきたんだ」

「そんなこと…」

珠樹は自分こそが仲の良い大和と悠麻の間を邪魔している気がして、時々居心地が悪かったのに。でも、珠樹も大和と遊びたかったから遠慮しなかった。

「悠麻にとって、お前は特別、だったんじゃないか…？」

「…………」

珠樹は大きく目を見開いて、大和を見つめた。

「どうした？」

珠樹が複雑そうな顔をしたことに、大和は気付いたようだった。

「悠麻くんにも同じことを言われたよ。お前にとって、俺は特別だって」

珠樹は悠麻に言われたことを正直に伝えた。大和にとって特別だと言うなら、珠樹は大和の本心が知りたかった。

「なるほどな」

大和は悠麻の言葉を否定しなかった。

「そういえば、俺たちは昔から好みが似ていたんだ。血の繋がらない兄弟だっていうのに、なぜそんなところだけ似るんだか…」

ふっ…と口元に笑みを浮かべた大和は妙に楽しげだったが、それより珠樹には別の言葉が気になった。今、大和は血の繋がらない兄弟だと言った…。

「それって…どういうことだよ？」

聞き逃すことはできず、珠樹が必死で追及すると、大和は大きく肩で息をついた。

「だから、そのままだ。俺と悠麻の血は繋がっていない。葵の血を引いているのは、悠麻だけなんだ。俺は赤ん坊の頃に、子供のできなかった葵の父と母に引き取られたんだが、皮肉なもんだよな。俺が引き取られて二年後に悠麻が生まれた」

まさかそんな事情があったとは思いもせず、珠樹は言葉を失った。

「俺も、大学に入るまでは知らなかったよ。俺が葵の家に引き取られたのは赤ん坊の頃だったし、父も母も実の息子の悠麻と分け隔てなく俺を育ててくれたからな」

「でも…だったら、問題はないだろ？」

血の繋がりはなくても、彼らは親子であり、兄弟だ。

「大ありだ。相変わらず父は俺に跡を継がせるつもりのようだったからな。本当の子供である悠麻がいるのに」

もしかしたら、大和が家を出たのは、実子である悠麻に遠慮したからだろうか…。自分が家を出れば、悠麻が跡を継ぐことになるから。

「それは…親父さんにとっては、お前も悠麻くんも同じように大切な自分の子供だからだろう？」

「…………」

父親の病院に駆けつける前、大和が自分のことを邪魔だと言った意味がようやく分かった。ただ一人、家族の中で血が繋がっていないからだ。でも、血の繋がりだけが親子の証《あかし》ではない。世の中には、血の繋がりがなくとも、実の親子以上に深い絆《きずな》で結ばれている家族もいる。

だが、一人孤独の中にいた大和のことを思えば痛ましくて、珠樹はこれ以上の言葉が告げられなかった。大和は自分が実子でないことを知ってから、ずっと一人で悩んできたのだ。さぞ苦しかったことだろう。今更言っても仕方ないことだが、せめて自分が傍にいられればよかったのに。

だが、今からでも遅くはないと信じたい。珠樹は大和に向かって懸命に手を伸ばした。

「最初の時にも言ったが、同情は好きじゃないんだ」

大和がそんな珠樹の手を振り払う。その瞳には確固たる意思が浮かんでいた。

「同情なんかじゃない…もちろん担当としての義務でもない」

昔から、大和は自分にとっては気になる相手だった。それは幼馴染みだからだと思っていたが、それだけではなかったのかもしれない。でなければ、大和に対しての気持ちに説明がつかない。

この自分が好きでもない相手、しかも男と関係を持つなんてことをする筈がないのだ。

最初から、自分が大和に許したのは大和が好きだからだ。男だとか、相手が尊敬する作家だとか、そんなことも関係ない。ただ自分は大和という一人の男が好きだから…。

「だったら、なぜ…？」

熱を帯びた大和の指先が動いて、珠樹の頬に添えられる。

「それ、は…」

珠樹は口ごもって、目を伏せた。珠樹の気持ちは決まっているが、今ここで伝えるのは無性に恥ずかしい気がする。

「まぁ、いい…その答えは急がない。だが、一つだけ答えてくれ…俺は今ここでお前を抱いてもいいのか？」

大和の指が顎にかかり、珠樹の顔を上げさせる。その熱い眼差《まなざ》しから、目が離せない。

今、この時にそんな質問をしてくる大和はずるい男だ。

「なぁ…」

耳元で囁かれただけで、珠樹は全身が汗ばむのを感じた。喉がからからに渇いて、上手く言葉が出てこない。

ふっ…と笑うと、大和は身を屈《かが》め、珠樹の腰と膝の裏に手を回した。

「お、おい？」

素早くその身体を抱き上げられ、珠樹は焦った。

「毎回ソファーじゃ芸がないからな」

大和が奥のドアに向かって歩いていく。そして、珠樹を抱き上げたまま器用にドアを開けると、部屋の中へと滑り込んだ。

「芸なんか、なくていい…」

大和がベッドまで進み、その上に珠樹の身体を下ろす。すかさず自分もその上に乗り上げてきて、衣服の上から忙しなく珠樹の身体をまさぐった。

「ま、待っ……」

早くも息を乱しつつ、慌てて珠樹は大和の肩を押し返した。だが、ほとんど何の抵抗にもなっていない。

「聞けるか…」

「ちょ…っ…」

心臓の鼓動が痛いほどに鳴っている。大和と肌を合わせるのは初めてではないのに。だが、自分の気持ちを自覚してからは初めてだった。

大和は珠樹の顔中にキスの雨を降らせるのに忙しいらしく、一切取り合わない。

最後に唇と唇を合わせてくる。強く吸われ、口腔内を激しく舐め回されて、珠樹は魂さえ抜けそうに痺れた。名残惜しげに絡まる舌と舌の先から、蜜がねっとりと糸を引く。

「そういえば、さっきの返事をまだ聞いていなかったな…」

珠樹の胸に顔を伏せていた大和が、ふと顔を上げる。

「え…」

珠樹も少し背を浮かせて、大和を見た。

「俺はお前を抱いてもいいのか…?」

さっきと同じ台詞を、もう一度大和が言う。

「…………」

答える珠樹の声は消え入りそうに小さかった。

「聞こえない」

珠樹は緩く唇を嚙み、そして次には躊躇いを吹っ切った口で、はっきりと言った。

「…いい」

大和の顔を捕まえ、珠樹は自分から口付けた。自分たちに山積みしている問題も、今だけはどうでもよかった。ただ大和の熱さにこのまま溺《おぼ》れていたい。

「…あ……やま…と……」

大和の激しさが珠樹には嬉しかった。身に着けている衣服を全て脱がされ、生まれたままの姿にさせられる。そして改めてベッドの上に押し倒された瞬間、珠樹の身体の震えが大きくなった。

だが、それは決して恐怖から来るものではなかったから、大和もまた自分の身に着けている衣服を脱いで、その熱い肌を重ねてきた時には、不思議と珠樹の身体の震えは止まっていた。

大和の長い指が珠樹の肌の隅々までを探り尽くす。唇は、触れていない場所がないぐらいの丹念さで全身を這い巡った。身体ばかりか心の奥に隠された官能の扉まで開こうと熱い舌が伸びてくる。

今まで手を抜いていたのではないかと思うぐらいに、今日の大和は凄くて、愛撫も執拗だった。

「…おま…え…今まで……手…抜いて…た…だろ…?」

だから、熱く痺れて何も考えられなくなった頭で、珠樹はついそのことを口に出してしまった。

「お前は、急に何を言い出すんだ…?」

流石の大和も泡を食っている。

「だって…今まで…は…っ…こんなに…あ！　すご…く…なかっ…た……っ…あぁ…」

すでに充血して、かちかちに尖った突起を、大和の唇がきゅっと挟んで、くちゅくちゅしゃぶる。珠樹は切なそうな声を上げて仰け反ると、しきりに身体を揺すって悶えた。

「確かに…お前も今までで一番興奮してるしな…」

意地悪な大和である。

「言う…な……ッ」

間断なく施される愛撫が、珠樹に余計なことを考えさせない。渦巻く官能の波に呑まれたら最後、どこまでも狂わされるしかない。

「…も……そこ……許し……」

「駄目だ……これ以上手抜きだと罵《ののし》られたくはないからな…」

舌先がしつこく胸の突起を突いたり、包んだり、下から上へなぞったりしている。大和が喋ると一緒に硬い歯が当たって、張り詰めた突起の先を一層刺激した。

「そん、な……死ぬ……ッ」

口を閉じ、きりりと歯を食いしばって、珠樹は何とか襲い来る快楽に耐えようとしたが、もとより抗いきれるものではない。

「大丈夫だ…俺が助けてやる…何があっても…」

自分を快楽の底に突き落としている張本人に助けられるのは筋違いであり、珠樹にとっては不本意でもあるのだが、珠樹が唯一欲しているのが、この男の手ならば仕方ない。

「だから…もっと見せろ…俺だけが知っているお前を…いやらしくて可愛いお前を……」

突起を口に銜えたまま、大和が首を左右に振ると、珠樹は感極まって泣いてしまった。

「やま…と……やま……」

珠樹がうわ言のように舌っ足らずな声で大和の名を呼び続ける。

大和もこれ以上は焦らすのを止めて、素早いキスで肌の上を伝い降りると、熱気の籠もった股間に顔を埋めてきた。今度は焦らすことなく、欲望の源をダイレクトに銜えてくれる。

「あぁ……ん……んっ…」

膝を折り曲げ、立たされて、濡れた舌が中心に纏《まと》いつく感触に、珠樹は腰を躍らせた。今までそうされたことがない訳ではなかったが、今までとは状況が違う。珠樹のものを銜えているのは、珠樹が今、心から愛している男だった。

「…はぁ…っ…あ……あ、ふぅ…ん…っ」

大和の舌が珠樹自身の根元から先端までをまんべんなく舐め回す。明らかに珠樹のものを口腔内で達かそうとしているかの如き念入りな愛撫だった。

「あ……っ…そん、な……そんな…こと……だめ…だ……」

敏感なくびれの部分をいやらしい舌の使い方で刺激され、珠樹は大きく足を開いたまま、もがいた。ぐんと重量を増したそれを、大和がすっぽりと口に含み、じゅるじゅる啜る。

「…だめ…だ……も……出る……ッ……離し……」

中心からぞくぞくしたものが這い上がってきて、珠樹は汗まみれの顔をくしゃくしゃにして絶叫した。何とか大和の頭を引き剝がそうとして最後に足搔いたが、大和の手は珠樹の下肢を捕えて揺るぎなかった。

大和がわざと口を窄め、口腔内の粘膜に珠樹のものが擦れるようにする。その瞬間、猛烈な射精感に支配され、とうとう珠樹は降参した。

「…ああっ！」

音がしそうな勢いで、大和の口の中に熱いどろりとした液体が放出される。珠樹自身を強く吸い上げて、大和は吐き出されたものを全て飲み干した。

全身の筋肉を弛緩《しかん》させ、一時的に放心状態に陥った珠樹はゆっくりと視線を巡らせた。と、股間から顔を上げた大和と目が合って、慌てて目を逸らせる。たった今、大和の口の中で達かされたばかりなのだ。恥ずかしくて、まともに目を合わせられない。

「何を照れているんだ？　なかなか良い味だったぞ…お前が作る料理以上にな…」

だが、どんなに珠樹が動揺していても、大和は珠樹を休ませてくれなかった。大和のものだって、さっきから珠樹を欲して止まない程に猛っている。

絶頂の余韻で小刻みに震えている珠樹の身体を抱き締め、大和がそのまだ熱い肌にキスを落としてくる。ぐったりとした身体をベッドの上に投げ出し、珠樹は大和の愛撫にぴくぴくと肌を震わせるだけだ。

「な、何を……やめ…っ……」

大和が再び珠樹の下肢を捕らえた時、虚ろに霞んだ珠樹の瞳は驚愕《きょうがく》に見開かれた。

尻が浮く程、足を持ち上げられ、必死で抵抗する。なぜなら、次に大和が唇を寄せたのは、双丘の狭間《はざま》に息づく秘められた場所だったからだ。しかしもとより手足に力が入らない状態での抵抗など、何の効力も発揮しない。

「…ひ……っ…」

そこを舌で舐め上げられて、珠樹はひくっと全身を引き攣らせた。大和とは今まで幾度となく肌を合わせてきたけれど、こんなところを舐められたことなど今までに一度もない。

「やめ……っ…あ……こんな、の…は…っ……いや…だ……はず…か…しい……」

喉に声を詰まらせて、珠樹は必死でかぶりを振った。持ち上げられた膝をがくがくと震わせ、全身を粟立《あわだ》たせている。こんなところをあからさまに開かれ、大和の前に晒《さら》されているのだ。先程以上の羞恥など耐えられる筈がない。

「じっとしてろ…ちゃんと良くしてやるから……」

内股に大和の髪の感触を感じた。双丘の狭間をざらざらした柔らかいものがほじくってくる。

それが大和の舌だと気付いても、珠樹は信じられなくて、抵抗する気力さえ湧いてこなかった。

「…だ…め……だめ…だ……そん…な……」

大和が熟れた果物のような赤い媚肉《まみ》にも舌を伸ばして、くすぐる。珠樹の声に悲痛な響きが混じったが、それ以上に欲情と官能に塗れていた。少し顔を離して、大和がそこを観察する。

「見る…な……ッ…」

大和の視線をそこに痛い程に感じ、珠樹は全身を羞恥の赤に染めて、叫んだ。

「なぜだ？　綺麗だぞ…とても……ああ、堪《こら》え性がないのはとうに知っている…」

大和が鼻息も荒くそこに顔を擦り寄せ、顔全体を擦りつけた。びくん、と珠樹の身体が戦慄《せんりつ》する。珠樹のそこは大和を求めて自ら蠢き、受け入れる態勢を整えていた。

「…あ…いや…だ……ああん…あっ…ああ…」

長い舌に乗って、どんどん蜜が送り込まれる。それを、くちゅくちゅと指で掻き回す音が跳ね、その度、珠樹の身体は大きくのたうった。

「あっ…あ、あ……だめ…だ……大和……そ、んな…そんな…こと…」

そんなところまで…と思うような箇所にも大和の舌は伸びてきた。口では駄目だと言いながら、珠樹はその淫蕩《いんとう》な愛撫に酷く感じていた。

「…や…め……っ…も……頼む…か…ら……」

今、自分がされている行為がまだ信じられないながらも、珠樹の瞳からは今にも思考力と理性の光が消えようとしていた。指も一緒に差し込まれ、中を掻き回されると、そこをもっと目茶苦茶に弄ってほしいような焦れったい疼きさえ芽生えてくる。

「どう…し…て……こん、な…こと……？」

これ程までに珠樹を苦しめる男は大和しかいない。こんなにも大和のことを好きな自分に、これは酷い仕打ちではないか。

「お前の全てを手に入れたいからだ…」

大和が内側に見つけた硬いしこりを、舌先で突いてくる。強烈すぎる快感は時として、人を恐怖に陥れる。珠樹は恐かった。なぜだか知らないけど、無性に恐怖を感じる。

「な…ぜ…？」

乱舞の汗と狂喜の涙が珠樹を彩っていた。

「好きだからに決まっているだろう…」

それは怒っているような大和の口調だった。ようやく大和が珠樹のそこから顔を上げ、肌と肌を擦り合わせるようにして迫《せ》り上がってくる。

「今更、気付いてなかったなんて言わせないぞ…」

大和が珠樹の頭をそっと胸に抱いた。

「あ……だっ…て……」

抱き締められ、珠樹は戸惑った。だって、大和は今まで一言も口に出しては言ってくれなかったから。珠樹は自分の気持ちを認めるだけで精一杯で、大和の気持ちまではかれなかった。

「俺は、お前のことだけをずっと見てきた…お前以外の奴なんて考えられない…」

熱い大和の身体に、珠樹は酷く安堵した。さっき恐怖を感じたのは、手を伸ばしても大和の温もりを捕まえることができなかったからだ。分かってみれば、何ということもない。

「好きだ…俺にはもうずっとお前だけだ…」

耳元で囁かれて、珠樹は頭の中が真っ白になった。大和が自分を好きだと言ってくれたのだ。夢なら永遠に覚めないでほしい。

「…あ………」

大和が侵入の体勢に入るのに、珠樹はハッとして腰を浮かせた。

「お前が協力してくれるのは初めてだな…」

「ば…か…」

珠樹が伸ばした手は、大和が捕まえてくれた。手の甲にキスして、大和がいよいよ侵入を開始する。

「…あっ…あ、あ…ああん……っ」

熱い男の高まりに突き上げられ、珠樹は大和に強くしがみついた。

どうして、今まで気付かなかったのだろう。その激しさに隠れていたけれど、その指も唇も舌も、いつも珠樹を慈しんでくれていたのに。大和の男はこんなにも熱くて、いつもその全てで珠樹を愛してくれていた。

「あ……やま……と……大和ッ」

最奥に当たった快楽のうねりが凄《すさ》まじい。大和が腰を打ち込む度、そこが卑猥《ひわい》に撓《たわ》んだ。

「凄いぞ…お前の中…どろどろに溶けて…最高に気持ちがいい…」

大和が下腹を密着させ、珠樹のものも腹と腹の間で擦られるように腰の動きを調整してくれる。

「…俺も……気持ちいい…すご…く……っ……い…い……」

半狂乱になって、珠樹は上体をばたつかせた。狭い内壁が竦み上がり、それが珠樹の意志であるかのように大和を締めつけて離さなくなる。

大和が珠樹の身体をしっかりと抱き締め直すと同時に、肉襞が果てしない痙攣を繰り返す。力強く腰を突き込んで、大和が珠樹の奥深くに熱き迸りを放った。

「…くっ…」

無数の閃光《せんこう》が駆け抜け、二人の意識が白い光の中に溶け込んだ、その瞬間…。

「大和…好きだ…」

唾液にぬめって赤く艶めいた唇が厳かに動いて、真摯な想いを愛《いと》しい男に告げた。

「…とりあえず家に戻ることにした」

興奮冷めやらないベッドの中、大和は言った。

「そっか…」

大和がそう言い出すことを何となく珠樹は分かっていた。大和が家族を見捨てる筈がない。

「悠麻がまだ学生である以上、父さんのフォローができるのは俺しかいないからな」

たとえ大和が作家を辞めても、二度と会えなくても、珠樹は大和を応援すると決めている。だが、ようやく想いが通じ合ったのに、やはり寂しくないと言えば、それは嘘になる。

「言っとくが、俺はお前を手放す気はないからな」

「え…」

ハッとして、珠樹は顔を上げた。

「もちろん作家を辞めるつもりもない」

「でも…」

父親の跡を継ぐのに、作家を続けることは物理的にいって無理だろう。普通のサラリーマンではなく、大きな会社の社長だ。

「確かに最初は家を出る手段として、小説を書いていた。それが運よく賞を取って、世間に認められた。だが、俺はいつしか物を書くことが好きになっていたんだ。自分で世界を創造できる…こんなに面白い仕事は他にはない」

ファンの一人として、大和の言葉は涙が出る程に嬉しい。でも…。

「当分は社長業と兼任で書くペースは落ちるだろうが、いずれ悠麻が大学を卒業して一人前になれば、全てを悠麻に任せることができる」

言ってみれば、自分は弟が一人前になるまでの腰掛けなのだと大和は言った。

「心配するな。俺はお前のところに必ず戻ってくる」

大和の口調はきっぱりとしていて、躊躇いも迷いも感じられなかった。これから先の未来が珠樹と共にあることを確信している。

「本当に？」

珠樹は知らず熱いものが込み上げてきた。目の前が霞んで、まともに大和の顔が見えない。

「ああ。だから、俺が戻ってくるまで、再び作家業に専念できる日が来るまでは、お前が原稿を取り立てに来い」

大和が実家に帰ってしまっても、大和と珠樹の接点は決してなくならない。そのことが、どれだけ珠樹に勇気と喜びを与えてくれるか、大和は知っているだろうか……。

「よーし、びしびし取り立ててやるから、覚悟しとけよ」

泣き笑いの顔で、珠樹は宣言した。そんな珠樹を、大和が目を細めて見る。それこそ、蕩けそうに甘い瞳で。

「ま、そこら辺はお手柔らかに頼む」

優しく綻んだ唇が、珠樹の唇を塞《ふさ》いだ。

それは、きっと約束のキスだったかもしれない。

数日後、大和は家に帰り、正式に葵電機の新社長に就任した。

最初は忙しくて、執筆活動もままならなかったようだが、それでも大和は書くことを諦めなかった。その陰に、珠樹の支えがあったことは言うまでもない。

そして、一年後、せつな海里の新刊が無事に店頭に並んだ。

8

入口の鍵を開けて、中に入ると、部屋の中は静まり返っていた。

ただリビングには着替えが散乱していて、テーブルの上には栄養補助食品の空が載っている。

「全く…ちょっと目を離すと、これだからな」

珠樹は大きく息をついて、ぼやいた。

相変わらずあの男は自分がいなければ、まともな食事を取らないらしい。

だったら、家に帰っている間は一体どうしていたのだろうとも疑問に思うが。まさか自分のようにお節介に世話を焼いてくれる、しかも女性がいたなんてことはないだろうな。もし、そうだったら、許さない。

「遅いぞ。さっさとメシ作れ」

珠樹がリビングの掃除をしていると、寝室のドアが開いて、大和が顔を出した。どうやら今まで寝ていたらしい。

「おい、もう夕方だぞ」

「今朝まで締め切りに追われていたんだから、しょうがないだろ。ここ三日ぐらい寝ていないんだ」

でき上がった原稿を出版社に持ち帰り、ぎりぎりセーフで印刷所に入稿した。

流石にぎりぎりすぎて、珠樹も大和の食事の仕度はできなかったから、大和はとりあえず買い置きしてある栄養補助食品を腹に入れて、睡眠を取ったのだろう。

「まぁ、お疲れ」

珠樹は大和をねぎらった。

「お前もな」

今も珠樹は変わらず大和専任の担当編集みたいなものだ。大和がこの部屋に戻ってきてからは、ほとんど泊まり込んでいるから半同棲《どうせい》状態だった。

あれから三年が経った。この三年間は年に一冊出せればいい方だったが、せつな海里の人気は衰えなかった。相変わらずその正体はベールに包まれたままだ。

悠麻が大学を卒業するまでの二年間、卒業してから大和の下で修行をする一年間の計三年間。大和は葵電機の社長として忙しい日々を過ごした。

だが、大和との約束で、珠樹は原稿の取り立てを怠らなかった。そのおかげで、ペースは遅いが、本を出し続けることができたのだ。

「今から買い物して、メシ作るんじゃ遅すぎるな」

大和が時計の針をちらりと見た。

「じゃあ、どうするんだよ？」

確かに買い物に行くところから始めなければいけないから、まだ二時間ぐらいはかかるだろう。

「外に食べに出る」

珍しく大和が外食の提案をした。最近は何があっても珠樹に作らせるのに。

「さっさと用意しろ」

珠樹は言われるままに、慌ただしく出掛ける仕度をした。


食事を済ませ、レストランを出た時には、辺りはすっかり真っ暗になっていた。

ここら辺りは夜景がとても綺麗である。二人でブリッジを渡り、遊歩道を歩いていく。

遊歩道は、夜は足元にほんのりと明かりが灯《とも》って、なかなかロマンティックだった。左手に大観覧車が見えている。大観覧車のイルミネーションが次々と変化するのを見るのも楽しい。

「あれ、乗るぞ」

大和が観覧車を指差して、言う。さっきから珠樹の目がちらちらと夜空を彩る大観覧車の方を気にしていることを、大和は気付いていたようだ。

「ええッ」

確かに気になってはいたが、男二人で乗るには抵抗があった。

「嫌なのか？　まぁ、お前が嫌なら無理強いはしないが。あの観覧車に恋人同士で乗ると、その二人は絶対に別れないって言われているらしいぞ」

大和に言われて、珠樹は真面目《まじめ》な顔をして考え込んだ。実はロマンチストの珠樹はその手の言い伝えが大好きだった。

「…だったら、乗ってもいいけど」

しばらくして、ぽつんと珠樹は言う。

「最初からそう言えばいいものを…全く、素直じゃないからな、お前は」

先に立って歩いていく大和の口元は優しく綻んでいた。珠樹は慌てて大和の後をついていく。

「お前にだけは言われたくないぞ、それ…」

こんな言い合いも三年前と変わらない。三年間のブランクがあるのが信じられないぐらいだ。

乗り場に着くと、人気の観覧車だけあって、この時間でも、かなりの人が並んでいた。

行列を見て、回れ右しようとした大和を珠樹は逃がさない。言いだしっぺが逃げるなんてずるい。男二人で乗るのはかなり恥ずかしいが、言い伝えを聞いては乗る価値はある。

ようやく二人に順番が回ってきて、係員の誘導で続けて乗り込んだ。

二人の乗ったゴンドラが、ゆっくりと上昇を始める。

「そういえば、以前、福岡に取材旅行に行った時にも観覧車があっただろ」

「…ああ」

大和に言われて、珠樹は初めて大和の取材旅行に同行した時のことを思い出した。あの時は色々と大変だった。

「昔からお前は高いところが好きだったから、タワーには昇りたいんだろうなと思ったが、観覧車の類はどうなんだろうと思ったんだ」

あの時、タワーに昇った大和が退屈そうにしていたことを覚えている。やはりあの時タワーに上ったのは、珠樹の為だったらしい。大和の好意は分かりにくいのだ。

「まぁ、馬鹿は高いところに昇りたがるからな」

「どういう意味だよ？」

珠樹は掌を握り込んで気色ばんだ。

「文字通りだ。…ああ、念の為言っておくが、今のは褒め言葉だ。俺はお前のような馬鹿は嫌いじゃない」

ぐっ、と珠樹は詰まった。そんな風に言われては怒るに怒れない。相変わらず分かりにくい褒め方だった。

その間も、ゴンドラは一番高いところを目指して、上昇を続けている。

次々に変わるイルミネーションを夜景として楽しむのもいいが、実際に乗ってみると、ゴンドラからの眺めは外から見るよりずっと素晴らしかった。黄色い月と輝く星たちが夜空に色を添えている。

「凄い」

見事な夜景に、思わず珠樹は身を乗り出した。

「綺麗だな」

窓枠に置いていた珠樹の手に、大和が自分の手を重ねてくる。

大和の顔がすぐ隣にあった。どきどきどきどき、胸の鼓動が速くなる。

「そういえば、一度訊きたかったんだけど」

ふと思い出したように珠樹は言った。

「何だ？」

「お前、家に帰ってる間、食事はどうしてたんだ？　一人じゃ何にもしないだろ？」

どうしても珠樹にはそのことが気になった。

「まぁ、実家にいれば、誰かしら世話を焼いてくれる人間はいるからな」

「まさか、それって、女じゃないよな」

珠樹の目が、キラリと光る。

「あのな、ヤキモチを妬《や》かれるのは悪くないが。的外れの勘違いをするな」

「べ、別に…これはヤキモチなんかじゃ…」

珠樹の口が尖る。

「それが、ヤキモチじゃなくて、何がヤキモチなんだ」

「…………」

珠樹には返す言葉がない。

「心配するな。実家の家政婦に若い女はいない」

「でも、秘書とか…」

珠樹は追及した。

「お前、変なものの読みすぎじゃないか。俺の秘書は男だった」

「ふーん」

気のないフリを装ったが、内心珠樹はとても安堵していた。

その時、ゆっくりと大和がにじり寄ってくる。

「なぁ、キスしていいか？」

珍しく大和が前もって了承を得ようとする。何か企《たくら》んでいる気がした。

「…駄目だ」

だから、珠樹はとりあえず拒否した。

「なぜだ？」

そう言う大和は大いに不満そうだ。

「駄目なものは駄目だ」

大和がキスしていいか…と訊くから、道徳上、こんなところでは駄目だと珠樹は言うしかないではないか。

「なら、訊かずにしてやる」

「…………」

だったら、最初から訊かずにすればいいのに。元から珠樹とて拒絶するつもりはないのだ。

弾力のある大和の唇がふわりと下りてきて、軽く摩擦するように珠樹の唇に合わさる。その時、二人の乗ったゴンドラがちょうど一番高い位置に到達した。

独りでに珠樹の瞼が閉じる。熱い口付けに、身も心も酔いそうだった。ふわふわと身体が宙に浮いたような錯覚を覚えるのは、ゴンドラに乗っているせいだろうか、それとも…。

「俺と勝負しないか？　このままゴンドラが下に降りるまで、ずっとキスしていて、どちらが先にギブアップするか…」

ちゅっと音を立て、大和が珠樹の頬にキスした。

「どちらもギブアップしなかったら、どうするんだ？」

はぁ…と吐息に色づく唇は切ないぐらいに赤い。

「そうだな…その場合はベッドの上で決着をつけるというので、どうだ？」

含み笑いを漏らす大和は最初からそのつもりだったのだろう。

「…いいけど」

珠樹の手が、大和の首に回る。

「じゃあ、改めて…」

珠樹を抱き寄せ、大和がゆっくりと口付けてきた。

唇と唇を密着させ、押しつけながら首を振って左右に擦り合う。軽く吸いつくようにされると、珠樹は口を開いて、大和の舌を招いた。誘いに乗った大和が、歯と歯の間に舌を差し入れてくる。大和の首に回った珠樹の指先に力が入るが、大和の舌が下顎の歯ぐきや上顎の裏を舐めた途端、珠樹の身体は柔らかくほどけ、全てを大和の腕に預けるようになった。

「ん…っ……ん……」

忙しなく絡め取られる舌の先から、じんわりとした痺れが湧いてきて、珠樹は軽く喉を反らせた。甘い痺れが口腔内全体に広がり、すっかり麻痺してしまって言うことをきかなくなった珠樹の口の中を更に大和の舌が遠慮知らずに徘徊《はいかい》する。口腔内全体を愛撫するように舐められ、狂おしい甘美が襲ってきた。

舌と舌が絡み合っては離れ、互いの口の中を往復する頃には、二人ともここがどこだということは完全に忘れていた。

舌を丸めて、相手の口の中に蜜を送り込む。混じり合う蜜の甘さに、頭がくらくらした。

その甘さをもっと味わいたくて、互いに大きく口を開く。相手の口の奥深くに舌を挿入し合い、口腔内を掻き回した。えもいわれぬ快感を二人で分かち合う夢心地のひととき…。

この勝負の結果を知る者は二人以外には窓の外から二人の情熱的なキスを盗み見していた黄色い月と輝く星たちだけだった。

事が終わった後の気怠い雰囲気が、ベッドに並んで俯《うつぶ》せで横たわっている二人を包んでいた。

一体、何回交わったのか…珠樹は全く覚えていない。ただ熱い大和に圧倒され、しがみつくことしかできなかった。恐いぐらいに感じてしまう。たまらず珠樹は火照った顔をシーツにぎゅっと擦りつけた。

勝負の続きは珠樹の完敗だった。

大和が満足そうな笑みを浮かべて、隣から手を伸ばしてくる。まだ汗の引けきらない珠樹の真っ直《す》ぐに伸びた背中を撫でる。

そんな手にさえ反応しそうな自分が、珠樹にはちょっと悔しい。さんざん泣かされた目は赤く、喘ぎすぎで喉も嗄《か》れていた。

観覧車から降りた後、どちらからともなく歩き出して、近くにあるホテルにチェックインした。部屋に入るなり、シャワーも浴びず、ただベッドの上で闇雲《やみくも》に愛し合った。

「…まるでケダモノだな」

ぽつん、と珠樹は言った。

「言ってくれるな。だったら、もっとケダモノの真価、発揮してやってもいいぞ」

大和にも多少の自覚はあるらしい。

「…俺とお前の両方のことを言ってるんだ」

なんだかんだ言って、大和の求めを拒めないのは、珠樹とて大和が欲しいからだ。欲しくて欲しくてたまらなくて…しかし、いつから自分という人間はこんなにふしだらになってしまったのか。昔から、こういうことへの興味は薄く、行為そのものにも淡泊だった筈だと、珠樹はとてもささやかな自分の過去の体験を思った。

「駄目だって、もう…今さんざんしたばかりだろ…んっ…」

そのうちに大和の手が背中から尻に移って、珠樹は慌てて肘《ひじ》をついた。

「まだ足りない…何度でも、したくなる…」

「やめ…っ」

珠樹が大和の悪戯な指の動きから逃れようと身体を浮かす。しかし、それこそ大和には思うツボだった。珠樹の身体に手を回し、大和がその身体を横向きにする。その拍子に、大和の硬くなった股間のものが腰に触れた。

「…お前…またこんなにして…」

「さっきのお前を思い出したんだ…」

耳元で囁かれて、珠樹の腰がぶるっと震える。

「…あ…ん……」

胸を撫で回す手は器用なもので、珠樹はまた全身が甘く痺れていくのを感じた。大和の愛撫に、どうしても珠樹は逆らえない。そのキスも、珠樹から理性という名の鎧《よろい》を奪い取ってしまう。

大和が珠樹の身体を仰向けにして、その上から伸しかかってきた。

「やま…と…っ…」

珠樹は大和の下でもがいた。だが、大和が珠樹の顔のあちらこちらに止まらないキスを繰り返すうち、うっとりとした吐息が珠樹の唇から漏れるようになった。大和が首を竦める珠樹の項にキスしてくる。途端に、珠樹はびくっとして、その身体を弾ませた。

「お前…本当にどこもかしこも感じやすいな…」

感心するように言って、大和がまた別の場所にキスする。今度も珠樹はびくっとなり、声を上げた。ここに来て、珠樹は一段と感じやすくなった。

「…だって…お前が……」

珠樹をこんな風にしたのは大和である。大和のすること全てに感じてしまう程に、自分を夢中にさせた大和が悪いのだ。だから、大和には自分をこんなにした責任を取る義務がある。

「俺のせいか…？」

「そう…だ……」

珠樹の手が大和の背中に落ち着いた。その指先から温もりが伝わってきて、大和がとても幸せそうに笑う。

「いいだろう…なら存分に責任を取ってやる…」

引き締まった胸の中央で小刻みに震える、艶かしい二つの突起。大和が舐めてほしそうなそれを口に含み、存分にしゃぶってくれる。

「ああ…ん…っ…あっ…あ……っ」

珠樹の甘ったるい喘ぎ声が部屋を満たしていく。両の突起が蜜に塗れて、とろとろに溶け始めると、大和は一旦突起から口を離し、下に伸ばした手で足の間を探った。

「…うぅ…っ…ん……」

柔らかな二つの丘を掻き分け、到着したそこはしっとりとしていた。縦に開いている入口をそろりとなぞられた途端、珠樹は潤んだ息を弾ませ、大和の頭をぎゅっと自分の胸に抱き込んだ。

「おい、これじゃ、俺が動けないだろうが…」

それは、大和の顔が押し潰されそうに強い力だった。

「そんなに押さえつけなくても、たっぷりと可愛がってやる、ここも…」

大和が含み笑いを漏らす。目の前に蜜に濡れて光る突起があった。こりこりに硬くなっているそれに唇を寄せると、大和は何度も吸った。

「そ、そんなんじゃ……あっ…だっ…て…おま…え…が……」

「また俺のせいか？」

今度は少し拗ねたように大和が言う。差し込んだ指の腹でひくひく蠢く内側の粘膜を擦り上げられた。突起を強く吸い上げながら、中に埋め込んだ指を回されると、珠樹はもう我慢できなくて、ぐいぐいと腰を押しつける。

「…も…もう……だめ……」

「じゃあ、もう少し足を開け」

大和に命じられるまま、珠樹はおもむろに足を開いた。

自然に珠樹の手が自らの意志で大和の股間のものに伸びる。早くこの逞しいものが欲しかった。

「…俺を、こんなにした責任もちゃんと取れよ…」

「え…」

大和のものは今にもはち切れそうなぐらい熱くなっていた。珠樹がそれをゆるゆる撫でると、大和が息を詰め、歯を食いしばる。

「お前だから…俺のものが、こんなになってるんだからな…」

大和が少し苦しげに息をついた。珠樹の手の中のものが、切ないぐらいに何かを訴えてくる。

珠樹が欲しいと。早く珠樹が欲しくてたまらないと、そう言ってくれているのだろうか…。

「苦し…い…の…か…？」

「少しな…」

何だか珠樹は自分の方が悪いことをしているような気になった。

「どう…し…て…？」

苦しいのは珠樹の方ではないのか。こんなに大和のことが好きで好きでたまらないから。

「お前と抱き合う時は…全然余裕がないからな…」

「うそ…だ……」

いつも大和は落ち着いているように見えた。余裕がないのは珠樹の方で…。

「本当だ…初めてお前を抱いた時なんか…情けないことに手が震えていた…」

「そんなこと…」

まさか、と珠樹は思った。あの時は何もかも初めてで、珠樹は情けないぐらいに自分がびくびくしていたのを覚えている。でも、あの時も身体だけは凄く良くて、自分は好きでもない相手と肌を合わせて感じるようなふしだらな人間なのかと少なからず自己嫌悪に陥った。今から思えば、あの時から、すでに大和のことを特別に想っていた。

「何しろ…ずっと想い続けていた相手にようやく触れることができるんだ…夢なら、覚めないでくれと何度願ったかしれない…」

大和の告白こそが、珠樹にとっては夢かもしれない。

「大和…」

珠樹だって、気付いていなかっただけで、本当はずっと昔から大和のことを想っていた。

「…まぁ、いい…この話は後だ…先に挿れたい…いいか？」

このままでは二人とも苦しいだけであることに、大和が早々に気付く。

「ん…」

顔を赤らめつつ、珠樹もこくんと頷いた。よく考えれば、呑気《のんき》に話をしていられる状況でもないのだ。

「来て…」

腰を浮かせて、珠樹は大和のものを入口へと導いた。珠樹を強く抱き締め、大和がとうに限界を超えている自身を突きつけてくる。

「…あ、あ、あ、ああっ…!」

淫らな絶叫が谺する。大和の男がずぶずぶと珠樹の中に飲み込まれていった。柔らかく、弾力のある粘膜が待ち兼ねたように大和を包み込む。

「こら…いきなりまた締めすぎだ…」

「ちが……」

今のは珠樹の意志ではなく、珠樹のそこが勝手に大和のものをぎゅっと締めてしまった。いや、それも珠樹の意志なのだろう。もう二度と大和を離したくないという…。

「こいつは負けられない、か…」

大和の腰の動きが速まる。吸い上げられ、不規則に揉まれて、先端に熱い感覚が集まった。

「…あ…好き…好き…だ……やま…と…もっ…と…もっと……奥ま…で……お前…を…感じた…い…」

珠樹の劇的な告白を受け、大和のものが頂点を極める。熱いものが根元から茎を伝って這い上がってきた。

「いくぞ…」

「ん……あ……はぁ…っ…！」

心臓が脈打つと同じリズムで、先端から一度、二度、三度と熱いものが発射される。珠樹の内部は大和のものを更に奥へ取り込もうとするかのように激しく収縮した。入口の肉が歓喜して、いつしか珠樹の股間のものも欲望を解いていた。

下半身がどろどろに溶けて、二人のものが完全に混じり合う。快楽の余韻が眩暈《めまい》にも似た陶酔をもたらしていた。

確かに今、二人の身も心も一つになっていた。


淫らな雰囲気が一掃された部屋の中で、二人はベッドに並んで寝転がり、今度こそ会話を楽しんでいた。素肌と素肌の触れ合いが心地好い。

「さっき…俺がお前を抱く時、いつも余裕がないって言ったら、嘘だって言ったろ？　初めて抱いた時は手が震えてたって言ったら、それも嘘だって…でも、本当だ。初めての時は、せいぜい何でもないフリをして、必死で余裕を見せていただけだ」

ごろんと寝返りを打って、大和は言った。

「なぜ、そんなこと…？」

珠樹は驚いた。上体を起こして、大和を見る。なぜ大和がそんなことをする必要があるのだろうか…。

「男の意地ってやつだな。昔から俺はお前が好きで、だが、お前はそんな俺の気持ちにちっとも気付いてくれなかったからな」

大和が髪を掻き上げる。その言葉より、珠樹は大和が自ら弱みを見せたことに驚いた。

「お前は同情じゃないと言ったが、それでもお前の中に編集としての使命感がなかったとは言えないだろ」

「それ、は…」

そのことは珠樹も否定しない。だが、好きでもない相手と肌を合わせる訳がない。自分はそういう人間ではない。ただ気付くのが遅れただけだ。

「俺もまだまだだってことだよな。今なら分かるのにな。お前の身体が、俺の愛撫の一つ一つに敏感に反応したのは、俺のことを想ってくれていたからだって」

「馬鹿、分かるのが遅いよ」

言って、珠樹はシーツを頭から被った。珠樹も決して人のことは言えない。

「そうだな…」

大和が笑って、シーツごと珠樹の身体をぎゅっと抱き締める。

シーツの端を握り締め、珠樹はそろそろとシーツから半分だけ顔を出した。だが、その唇はまだシーツに隠れたままだ。

「駄目だ。それじゃ、まだキスできないだろう…？」

シーツを握り締める珠樹の手の力が僅かに緩む。その隙に、大和はさっさとシーツを取り払ってしまった。

「キスしよう…俺とお前、永遠に…」

そして、二人は永遠の愛を誓う、長い長いキスをした…。

END.

初恋の甘い束縛

大和《やまと》が風邪をひいた。

昨日から熱が三十九度もあって、無理やり医者に連れていった。

運よくインフルエンザではなかったが、熱冷ましの薬を処方されて帰ってきた。

薬を飲んで一晩眠ったら、今朝には三十七度まで熱が下がっていたから、まずはひと安心だ。

どうやら大和は医者が苦手らしい。飛行機と同様に、注射が恐いのかもしれない。

意外と子供っぽいところのある大和なら、ありそうだ。


「…大和、おじや作ったけど、食えるか？」

作り立てのおじやを持って、寝室を覗くと、大和はベッドに横になり、ぼんやりと天井を見ていた。

「…ああ」

顔だけを動かして、大和が珠樹《たまき》の方に視線を移してくる。

珠樹はベッド用の小さなテーブルを用意して、その上におじやを載せた。

スプーンを手に持ち、大和が一口ずつおじやを掬《すく》って食べていく。昨夜は物を食べるどころではなかったから、大分元気になったようだ。

それでも、額《ひたい》に当てた手にはまだ病的な熱が感じられる。

「それ食ったら、ちゃんと薬飲んで、今日も一日寝てろよ」

珠樹は医者からもらった薬と一緒に水を注いだグラスをテーブルの上に載せた。我ながら甲斐甲斐しいと思う。

「お前さ、前にも言ったけど、これからはちゃんと好き嫌いなく食べろよ。好き嫌いばっかしてるから、風邪なんかひくんだ」

今回の風邪は日頃の不摂生が祟《たた》っているに違いない。

「…………」

珍しく言い返さない大和に、珠樹はつい調子に乗ってしまった。

「大体、子供じゃないんだから、医者が嫌なんて我儘言ってるなよな」

以前に失敗しているのだから、珠樹も学習すればいいものを、調子に乗った珠樹の口は止まらなかった。後に三倍返しされることも知らずに。

薬を水で流し込んだ大和の目が、その時光ったことにも気付かない。

「いいか…好き嫌いせずに何でも食べる俺なんか、ここ何年も風邪なんかひいたことない…って…ちょ…っ…おま……何…何してんだよ…」

布団の中から伸びてきた大和の手が珠樹の腕を引いて、布団の中に引きずり込もうとしている。

「風邪にもっとよく効く特効薬を、俺は知ってる…」

そう言う大和は病人にはあるまじき男の顔をしていた。珠樹は油断していた。まさか熱のある身体で不埒な行為を仕掛けてくるとは夢にも思わなかった。

「ちょっ……どこ触って…」

珠樹が手足を動かし、必死で抵抗するが、大和は病人とは思えない程の力強さで珠樹の身体をさっさと自分の下に組み敷いてしまった。

「…ッ…何、考えて…？　お前は病人なんだぞ…」

自分の上に乗り上げてくる大和の熱い身体に、珠樹は息を飲む。しかし珠樹の言うことに全く耳を貸さない大和はさっそく珠樹のシャツの裾を捲り上げた。

「心配するな。いつも通りちゃんと満足させてやる…」

「誰が…そんな心配してるんだよ…俺は、お前の身体を心配して…」

大和の速い息遣いが耳元を撫でてきて、ぞくぞくしたものが背を伝って這い上がってくる。いけない、と思いながらも、珠樹の身体は熱い男を想って白熱した。

「だったら、あまり暴れるな。俺は病人なんだからな…お前は大人しく協力しろ…」

「か、勝手なことを…言う…な…ッ」

大和が珠樹の身に着けているシャツを手際よく脱がせる。上半身を裸にされた珠樹は両手の自由を奪われ、絶体絶命だ。

「こういうところ抜けてるんだよな、お前は」

必死で抵抗しようとすればする程、男を煽ることを、まだ珠樹は知らない。

「何、言って……あ！」

胸をさする指が、まだ小さくて平たい突起を掘り起こすように摘んで丸める。もとより本気で大和を払い退《の》けることなど珠樹にはできない。

「…だめ…だ……」

小刻みに震える身体を、大和がきつく抱き締めてくる。

「もう止まらないさ…」

朱が交じった肌に、大和が音を立て、忙しないキスを落としてきた。柔らかな喉元を揉むように撫でていた手が下りて、身体の中央をなぞっていく。最後には股間に到達した指が、ズボンの上から珠樹のものに悪さを働いた。

「おま…え…の…身体…が……」

珠樹は大和の身体を心配して言っているのに。

「俺にとっては、お前こそが特効薬なんだ…」

大和が荒い息で言って、ぷくんと突き出た突起に、ねっとりとした舌を絡めてくる。ああっと大きく悶えて、珠樹は大和の肩に強くしがみついた。熱い大和の身体は服の上からでも、いつもとは違う熱を持っていることがよく分かる。

「も……どうなっても…知らない…から…な…」

大和はしばらく胸の突起を弄っていたが、次第にその愛撫を全身に広げていく。繊細な指の動きが、珠樹の身体の芯を切なくした。巧妙な唇の熱が肌を粟立たせ、淫らに蠢く舌が震える肌に濡れた軌跡を描く。

「…あっ…あ、あ、あ…ん…やっ…」

だが、今日の大和はやはりいつもとは違っていた。愛撫の激しさはいつもと同じだが、珠樹に触れてくるその何もかもがいつもよりもずっと熱い。熱くて熱くて、珠樹までがその熱に浮かされてしまいそうだ。こんなに熱い男は他にいない。

ベルトを解き、ジッパーを下ろして、直接に珠樹のものを刺激してくる大和の手は燃えるように熱かった。

珠樹の真っ直ぐに伸びた背が、その時ぴんと綺麗に反り返る。まるで、珠樹は自分のものが溶鉱炉の中にあるような錯覚を受けた。

「あぁ…ん…っ」

「お前の声、聞いているだけで達けそうだ……こんな声…他の誰にも聞かせるなよ…聞かせたら…俺はそいつを殺すぞ……」

少し浮き上がった顎の先に口付け、伸び上がってきた大和が珠樹の顔を覗き込むようにして迫力ある台詞を聞かせる。

「馬鹿…そん…な……」

珠樹の手がぎゅっと大和が着ているパジャマ代わりのスウェットシャツの前を握り締めた。

「…あ……いや……」

尖らせた舌先を耳腔《じこう》に捻り込むように差し入れられ、ねちねち嬲《なぶ》られる。もどかしげに揺れる珠樹の腰を抱いて、大和は下半身を密着してきた。キスの度に、珠樹の口から漏れる喘ぎが一層はばからぬものになっていく。

「…腰、上げろ…」

大和に言われるままに腰を浮かせた珠樹は、ごろごろとベッドの上を転がった。その拍子に素早くズボンを下ろされ、下着も奪うようにして脱がされてしまう。

「ん…ぅ……う、ん…ッ」

張り詰めた緊張を解くように太股の内側を揉んでさすりながら、長い指が奥を目指して進んできた。中を探られ、堪えきれない嗚咽が珠樹の喉を震わせる。この瞬間はたまらなく恥ずかしくて、でも、それ以上に愛する男と一つになれる期待感に肌が高揚した。

「…大和……やま、と…好き…」

大和の身体を心配していると言いながら、こんな時も珠樹の身体は大和を求めて…求めすぎて浅ましい程だ。珠樹をこんな風にしたのは大和だった。どんな憎まれ口を叩いても、いつも充分すぎる愛情を注いで愛してくれているのが分かるから、いつの間にか珠樹の中でそれが当たり前になってしまった。

「ああ…俺も好きだ、ぞ……」

大和のシャツに大量の汗が滲《にじ》んだ。いつもより汗が多いのは、きっと熱のせいに違いない。

「…本当に…大丈夫…なのか…？」

今更とは思ったが、その苦しげな息遣いを思えば、珠樹は大和の身体を気遣わずにはいられなかった。

「平気だと…言ってる…だろ？　今…それを証明してやる…」

言葉が途切れ途切れになるのは、やはりいつもより体力の消耗が激しいからだろう。だが、最初に大和が言った通り、その愛撫に一切の手抜きはなかった。珠樹の身体の隅々までも熱く愛してくれた。

「…くっ…」

大和が唸り、その身体をぶるっと震わせる。汗で張りついたシャツを脱ぎ捨て、パンツの前をもどかしくはだけた。熱のせいか、そうする大和の動きはいつもより緩慢だった。限界が近いのかもしれない。

「な、に……？」

次の瞬間、珠樹は身体を裏返しにされ、膝と肘を立たされる。四つん這いにされたことで、謂《いわ》れのない不安を感じた。目の前に見えるのは白いシーツの海だけ、大和の顔が見えないのが不安に拍車をかけている。

「入るぞ…」

しかし、そのたった一言に、珠樹の全身は期待で汗ばんだ。一番深いところがきゅっと縮んで、この世の誰よりも愛しい男を待ち兼ねる。

大和の手が双丘を摑んで開く。大和のものが、珠樹のそこに当てがわれた。瞬間、恥じらいを含んだ声が上がるが、次には熱い突進に全て掻き消された。

「あああ…っ」

ぐぐっと珠樹の身体が前に押される。反対に、腰を進めた大和は珠樹を抱え込むようにして、上体を後方へと反らせた。

「…あ……熱い…ッ…おま…え…が…熱い……！」

珠樹はたまらなくなって叫んだ。肘が折れて、シーツに顔を突っ伏す。汗が散って、呻きにまみれた。

「…いつもより、か…？」

背中から聞こえてくる獣のような息遣いが珠樹を抜き差しならない快楽の深淵《しんえん》へと追い込む。

突き上げられながら、珠樹は徐々に大和とシンクロしていく自分を感じていた。恥ずかしさも何もかも忘れて、ただ大和と一つに溶け合える時間を分かち合う。

「いつもより…熱い…ッ…ずっ…と……」

こくこく頷いて、珠樹は一心に腰を振った。もっともっと快感が欲しい。珠樹のそこが大和の根元から先端までをびっちりと粘膜で覆い、猛烈に締め上げる。

「…お前こそ…いつもより…俺を締めつけてるじゃないか…」

くっ…と大和が唇を噛んだ。その後で、上体を倒してきて、珠樹の背中に啄むようなキスを繰り返す。手も動かして、脇を撫でたり、胸の突起を摘んだりする。

掌で転がされる胸の突起はこりこりに硬くなっていて、張り詰めているのが分かった。

「これが好き、だよな…？」

含み笑いを漏らして、大和が力強く腰を打ち込んでくる。指先で突起をこね回しながら、耳元にぴたりと唇を寄せた。声の振動にも、びくっびくっと珠樹は背を仰け反らせて、しきりに喘いでしまう。

「…そんな…こと……あっ…あ、あ、あぁ…っ…」

ぱんぱん、と腰と腰がぶつかり合う音が響いた。

限界まで珠樹の中を往復して快感を高め、大和が唸り声を上げる。珠樹は髪を振り乱して、大和の情熱を余すことなく受け止めた。

間もなく二度目の絶頂がやってくるが、すでに官能の渦の中に巻き込まれてしまった二人は一度ぐらいの放出では収まりそうもなかった。

「大和…?」

一度目の放出を果たし、動きを止めた大和が小さく舌打ちする音が聞こえて、珠樹はハッとして後ろを振り返った。

「まだ、だ」

「あ……」

背中から抱き締めている珠樹ごと、大和が上体を起こした。

そして、珠樹を後ろ向きに抱えたままベッドに座り込むと、下からの突き上げを開始した。

「…あ、あぁ…っ…ん……あ!」

再び叩きつけるような快楽の嵐に飲まれ、珠樹は大和の膝の上で手足をもがかせた。もう何がどうなっているのか、自分の身体が今どんな状況にあるのかさえ分からない。

「こら、暴れるな…お前はじゃじゃ馬か…」

もがく手足を、きつく抱き締めることで、大和が珠樹の動きを制限してくる。

「だって……」

股間のものを刺激されて、一層珠樹はたまらなくなった。大和の肩に手を回したら、開いた腋の下に大和が顔を入れてきて、おしおきとばかりにまた胸を攻めてくるから尚更だ。そんなにされたら、珠樹はすぐにも達ってしまう。

「…あ……ん……そこ……」

「気持ちいいのか…？」

突起を舐め回されて、仰け反り喘ぐ珠樹は返事をするどころではない。口から食《は》み出た舌の赤さが珠樹が受ける快感の深さを物語っていた。

強烈すぎる歓喜に、珠樹は不自然な体勢ながらも、自ら大和にしがみついていく。同時に下腹に力が入って、思いっきり大和のものを締めつけた。結合部がぐちゅぐちゅと淫靡《いんび》な音を立てる度、珠樹は何度も切ない溜め息をついた。

「いくぞ…」

「…んん…ああ…っ…もう……！」

内部が縮んで、大和のものがどくんと脈打つ。瞬間、珠樹の身体が大きくバウンドした。

はぁはぁと肩で息をついて、エクスタシーの余韻に浸る間もなく、珠樹は大和を気にする。

大和の身体を気遣いながらも、結局快楽に溺れてしまった。そんな自分を珠樹は反省しているが、振り返って見た大和もまた飢えを満たされた子供のように笑っていたので、まぁいいかとも思ったのだ。

二人の全身に心地好い疲労が広がる。うっとりとキスを交わす二人の瞳には、お互いしか映っていなかった…。

「大和、駄目だって…くすぐったい…」

珠樹が自分を呼ぶ声に反応しながらも、大和はわざと聞こえないフリで、珠樹の肌にじゃれていた。胸を触ったり、耳にキスしたりして。

「おい、本当に駄目だって…」

ベッドを下りようとした珠樹を、大和は離してくれず、そのままだらだらとベッドの上で過ごす羽目になった。

今の行為で自分たちはかなりの汗をかいた。いつもなら汗が自然に引くのを待つのもいいが、今の大和は熱がある病人なのだ。さっさと着替えなければ、ますます熱が高くなるかもしれない。

あんなことをしておいて、今更かもしれないけれど。

「しっかり満足しといて何を言ってる？」

「だから、そういうことを言ってるんじゃなくて…ッ」

その時、大和が少し身体をずらして、胸元に唇を寄せてくる。まだ硬く尖ったままの突起を舌でくすぐられて、珠樹は思わず甘ったるい声を上げてしまった。

「あ……ん…っ……」

「そら、見ろ」

ほくそ笑む大和に、珠樹はたまらない気恥ずかしさに包まれた。大和に触れられると、いつ如何なる状況でも反応してしまう自分の身体が恨めしい。

だが、それも全ては相手が大和だからだ。羞恥も快感も、愛する男の手により与えられるものだから。

だったら、ここで恥ずかしがっている場合ではない。

そう、珠樹は開き直ったのだ。この場合は開き直らなければ、本当に居たたまれなくて、憤死しそうだったこともある。

「珠樹？」

キッと顔を引き締め、大和の身体を引き剝がした珠樹はてきぱきとベッドから下りた。そして、汗にまみれた大和の身体をタオルで拭き、さっさと新しい下着とシャツを着けさせる。その後で、自分も着替えると、珠樹は説教めいた口調で言ったのだ。

「今度こそ大人しく寝るんだぞ。お前は病人なんだからな」

「要らぬ心配だ。さっきより身体は楽になった」

ベッドに横になった大和が、ぽつんと言った。え…と思って、珠樹が大和の額に手を伸ばすと、確かにさっきまでそこに感じられた病的な熱はなくなっていた。

「お前…」

珠樹は驚いた。本当に、大和はあの行為で熱を下げたというのだろうか…。確かに汗をかけば、熱は下がるが、でもさっきまでは本当に熱かったのに。

「…そういうことだ」

言いながら、伸びてきた大和の腕が再び珠樹をベッドの中に引きずり込む。

「や、大和…」

珠樹の全身がかぁっと火照った。せっかく着替えたのに…いや、そういうことではなくて…。

「なかなかいい腕だな、お前…今からでも編集部を辞めて医者になるか？」

熱が下がったのは飲んだ薬が効いたのか、それともやはりこれはセックスのおかげだろうか…。

「どちらにしても俺の専属だがな…」

泡を食っているうちに、二度目に身ぐるみ剝がされた珠樹は、あっという間に熱いキスの餌食《えじき》になってしまった。

明日ベッドの住人になっているのは、もしかしたら自分かもしれない…と、再び襲い来るエクスタシーの波に飲み込まれる寸前、珠樹は思ったのだ。

ＦＩＮ.

あとがき

こんにちは、葉月宮子《はづきみやこ》です。はじめましての方も、これからよろしくしてやって下さい。まずはこの本を手に取って下さって、ありがとうございます。

今回は作家×編集というカプで、近いようでいて遠い（笑）職業の二人のお話になりました。元々幼馴染みの再会ものが書きたいと思っていたのですが、職業をどうしようかと迷っていて、できれば立場が反対のやつがいいなぁとか、でもって受けが攻めに逆らえない立場のものなら尚よしと思って（笑）この職業に決めました。私の場合は、編集様に面倒ばかりかけるダメダメ作家なので何ですが、出版社一の売れっ子作家なら、何やっても許されるに違いないと（笑）きっと編集様の身体さえも意のままに（大笑）まぁ、大和の場合は好きな子を苛めているだけの可愛いものですが（大笑）取材旅行の段階で、すでにラブラブモードに突入している気がするのは、私の気のせいということにしておいて下さい。このむっつりめ、と言って下さった編集O様の言葉が一番明確に表わしていると思います（笑）

担当のO様、今回は編集様のお仕事についても色々と教えて下さって、ありがとうございました。とっても参考になりました。が、あんまり小説の方に活かされてなくて、すみません（苦

笑）

イラストを描いて下さった街子《まちこ》マドカ様、ありがとうございました。まだキャララフを拝見していないのですが、今からとっても楽しみにしております。ちょうど今回の原稿をしている前後に、街子様が原画を担当されているゲームを堪能させていただいて、実はすでに書いている時から、街子様のイラストが頭の中に浮かんでたりしてました（笑）最近乙ゲーにはまっているものですから。これからもご活躍、楽しみにしております。

同人誌の方は今は休業状態です。すっかり乙女ゲームにはまっちゃったりしているのですが、ゲームは次から次に新しいものが発売されて、色々目移りしてしまうので、同人するのは難しいですね。基本、ツンデレ系キャラとライバルキャラが大好きです（笑）
サイトは、更新がかなり滞りがちですが、一応やっております。
http://www.kyoto.zaq.ne.jp/dkbpx504/index.htm

いつも読んで下さってる方も、初めて読んで下さった方も、ここまで読んで下さってありがとうございました。感想など聞かせていただけると、とっても嬉しいです。
次は、少し先になりますが、年内にはお会いできるでしょうか。

ARLES NOVELS

ARLES NOVELSをお買い上げいただきましてありがとうございます。
この本を読んだご意見、ご感想をお寄せ下さい。

〒111-0053
東京都台東区浅草橋1-13-3
㈱ワンツーマガジン社　ARLES NOVELS編集部
「葉月宮子先生」係 ／ 「街子マドカ先生」係

初恋はミステリーより謎めいて

2010年5月31日　初版発行

■著　者
葉月宮子

■発行人
齋藤　泉

■発行元
株式会社 ワンツーマガジン社
〒111-0053
東京都台東区浅草橋1-13-3

■Tel
03-5825-1212

■Fax
03-5825-1213

■HP
http://www.arlesnovels.com（PC版）
http://www.arlesnovels.com/keitai/（モバイル版）

■印刷所
中央精版印刷株式会社

ISBN978-4-86296-205-8 C0293
Printed in JAPAN